冰魔傳說
빙마전설

빙마전설 6

요도 김남재 新무협 판타지 소설

초판 1쇄 찍은 날 § 2008년 5월 23일
초판 1쇄 펴낸 날 § 2008년 5월 30일

지은이 § 요도 김남재
펴낸이 § 서경석

편집장 § 문혜영
편집책임 § 서지현

펴낸곳 § 도서출판 청어람
등록번호 § 제1081-1-89호
등록일자 § 1999. 5. 31
어람번호 § 제2-1493호

주소 § 경기도 부천시 원미구 심곡1동 350-1 남성B/D 3F (우) 420-011
전화 § 032-656-4452 팩스 § 032-656-4453
http://www.chungeoram.com
E-mail § eoram99@chollian.net

ⓒ 요도 김남재, 2006

ISBN 978-89-251-1326-5 04810
ISBN 89-251-0461-X (세트)

冰魔傳說

빙마전설

요도 김남재 新무협 판타지 소설

Fatastic Oriental Heroes

6

도서출판 청어람

목차

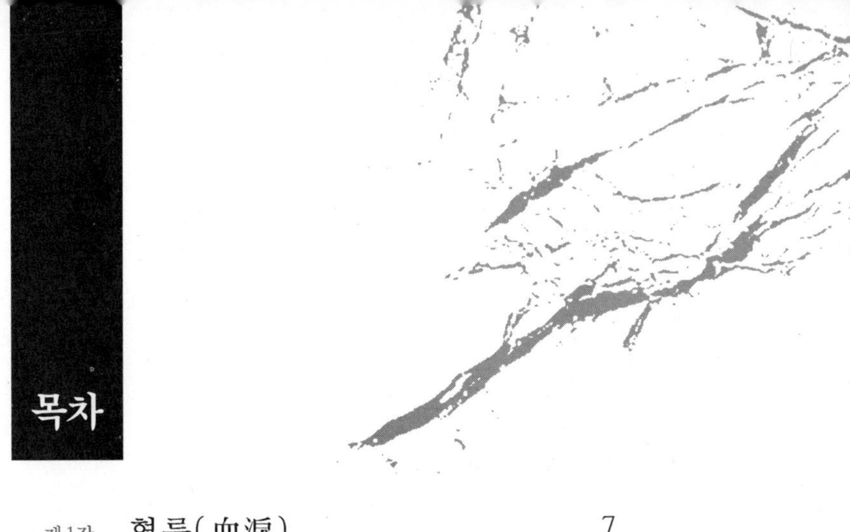

第一章

혈루(血淚)

창을 밟고 날아올랐던 설무린의 몸이 빠르게 마을의 초입을 향해 달려나갔다. 설무린의 뒤쪽으로 빠르게 장창을 들고 있는 암영풍마단의 무인들이 뒤쫓았다.

슉슉!

'쉽지 않겠군.'

그들의 움직임이 보통이 아니다.

실력을 다해서 달리고 있는데도 불구하고 별반 거리가 벌려지지 않는다.

만약 암영풍마단이 뒤쫓는 것이 당한림과 당서화였다면 이들의 손을 피해 마을의 초입에 도달하는 것조차 불가능했을 게 분명하다.

뒤쪽에서 날카로운 파공음 소리가 설무린의 온몸을 찌릿거리게 만들었다.

위험하다는 느낌이 든 것은 바로 그 찰나,

쒜에엑!

달리는 와중에 누군가가 단창 하나를 꺼내 설무린의 등 뒤를 노렸던 것이다.

뒤쪽에서 매서운 속도로 장창 한 자루가 날아들었다. 하지만 설무린은 피하기 위해 옆으로 비켜서거나 하지 않았다. 오히려 빠르게 발을 놀리며 앞으로 달려나갔다.

'속도를 늦춰서는 안 돼!'

설무린은 고개를 숙이며 머리를 스치고 지나가는 단창을 피했다. 그리고는 달리는 속도를 전혀 늦추지 않고 앞으로 계속해서 움직였다.

마을의 초입에 멈추어 서기 전까지는 자잘한 싸움들은 모두 피한다. 자신이 늦게 된다면 다른 이들을 북설과 당한림, 당서화 셋이서 막아내야 한다.

당한림과 당서화는 사천당문의 인물.

독과 암기술에 능하다 하지만 그것도 누군가가 받쳐 주는 상황에서 더욱 강력해질 수 있다.

독이 전문인 당문이기에 그들 개개인의 무공 실력은 아무래도 조금 떨어지는 것이 사실이다.

그렇다면 북설 혼자서 무인들 모두를 상대해야 한다는 소리인데…….

물론 다른 두 개의 단인 흑살단과 적혈단이라는 자들의 실력은 북설보다 아래였다. 거기다가 두 당문의 독인들이 돕는다면 싸워 볼만도 하다.

하지만 역시 문제는…….

'인회주, 그 노인이 낀다면 무리다.'

일대일의 승부도 자신하기 힘든 상대. 예전이었다면 목숨을 걸어야 했을 것이며 긴장도 했을 것이다.

하지만 지금 설무린의 마음은 평온했다.

늘어난 내공이 북해빙궁의 무공을 더욱 완성도 있게 만들어준 자신감 때문이다.

거기다가 언제나 의외성을 만들어줄 수 있는 독…….

사천당문의 두 무인 또한 제법 도움을 줄 수 있을 게다.

인회주만 설무린 자신이 감당할 수 있다면 오십에 달하는 다른 자들과도 싸워볼 만하다.

애초에 약조했던 장소인 마을의 초입에 설무린이 거의 다다를 무렵 그의 눈에 한창 싸우고 있는 일행의 모습이 보였다.

역시나 설무린 자신이 가장 먼 길을 돌아와서인지 다른 이들이 먼저 도착해서 싸움판을 벌인 것이다.

선두에는 북설이 섰고, 그 뒤에는 당한림과 당서화가 있었다.

둘은 암기를 연신 뿌려대며 북설에게 적들이 쉽사리 다가오지 못하게 하였고, 그 틈을 놓치지 않고 북설이 검으로 날카롭게 빈틈을 파고들고 있었다.

다행히 마을의 입구가 좁은 덕분에 포위하듯이 공격하는 것은 불가능했다. 그리고 애초에 그러한 지리적 이점이 있었기에 싸움터를 이곳으로 옮긴 것이기도 했다.

이렇게 좁은 길을 이용하고 싸우는 것이 인원도 적고, 독을 사용하는 인물들이 있는 설무린 쪽에서는 훨씬 이득이었다.

차라랑!

여러 개의 검이 동시에 북설을 노렸지만 그녀는 단숨에 그 모든 공격들을 받아냈다. 가녀린 북설이 장정 사내 여럿의 공격에 단숨에 무너질 것 같아 보였지만 상황은 결코 그렇지 않았다.

북설이 검을 밀어내자 병기를 맞대고 있던 사내들이 급하게 뒤로 밀려났다.

그러자 기다렸다는 듯이 뒤쪽에 있던 당한림이 암기 하나를 던졌다.

퍼엉!

"크윽!"

전방을 향해 쏟아진 수많은 비침에 중심을 잃었던 사내 몇이 그대로 고슴도치가 되어 쓰러져 버렸다. 저 침에는 분명

독이 발라져 있을 게다.

그것도 사천당문이 자랑하는 치명적인 극독이!

상대들은 분명 강했다.

흑살단, 적혈단…….

하지만 그들은 북설을 뚫지 못했기에 뒤에 있는 두 명의 당문 독인이 자유롭게 암기와 독을 뿌릴 수 있게 되었다.

길도 좁은 탓에 뒤쪽을 노리기도 어려운 상황.

절대고수가 없다면 북설을 뚫을 수 없다.

'좋아!'

자신의 생각대로 될 거라는 생각에 설무린은 고개를 끄덕였다.

급히 북설의 옆에 도착한 설무린이 소리쳤다.

"조심해라! 지금 오는 놈들은 이자들과 급이 달라!"

설무린을 뒤쫓았던 자들이 거의 간발의 차로 이곳 전장에 모습을 드러냈다.

흑살단과 적혈단은 북설에게 어렵지 않은 상대였지만 이들 암영풍마단은 그리 쉽게 생각할 수 없었다. 북설에게도 이들 암영풍마단은 버거운 상대였다.

만약 설무린 자신까지 이들에게 집중할 수 있다면 승리를 자신할 수 있지만…….

설무린이 급하게 주변을 둘러봤다.

한 사람, 그가 아직 보이지 않는다.

아직 보이지 않는다고 생각하는 찰나 설무린이 떠올린 그자가 시야에 천천히 들어왔다.

'역시 나타났군.'

멀리서 천천히 다가오는 노인.

이 무리를 이끌고 왔으며 그 정체를 알 수 없는 궁의 한 축을 맡고 있는 인회주라는 작자.

검버섯이 잔뜩 핀 얼굴의 인회주가 설무린을 바라보며 징그럽게 웃음을 흘렸다.

인회주는 태연하게 주변을 한번 휘둘러보고는 조롱하듯이 말했다.

"클클, 도망친다는 것이 고작 이곳이더냐?"

"도망?"

설무린은 인회주를 보며 도리어 코웃음을 쳤다.

그러한 설무린의 태도에 인회주의 검버섯으로 가득한 미간이 꿈틀거렸다.

설무린이 고개를 까닥거리며 만면에 미소를 지었다.

지금 상황이 그리 좋지 않음을 알면서도 설무린은 단 한 치도 두려워하거나 위축된 모습을 보이지 않았다.

"머리가 돌로 된 자가 아니고서야 불리한 그 장원 안에서 싸울 리가 있겠소? 그저 우리에게 유리한 전장으로 옮긴 것뿐이지. 설마 그것도 모르고 신나서 우리의 뒤를 쫓은 거요?"

"놈! 말이 많구나. 과연 얼마 후에도 그렇게 그 잘난 세 치 혀를 나불거릴 수 있나 보자꾸나!"

설무린의 조롱에 내심 분노가 치솟기는 했지만 인회주는 침착함을 잃지 않았다. 어차피 저들이 이곳에서 살아서 돌아갈 수 있을 거라 생각하지는 않는다.

곧 시체가 될 놈이 떠드는 말에 일일이 화를 낼 필요가 어디 있겠는가.

그렇게 생각하고 인회주였거늘 이어지는 설무린의 행동에 그의 화가 폭발했다.

"…가, 감히!"

인회주는 부들부들 떨기 시작했다.

검을 든 설무린이 도발적인 자세로 인회주를 향해 손가락 하나를 까딱거렸기 때문이다. 그것도 입가에 명백한 비웃음을 가득 담은 채로 말이다.

분에 겨워 눈동자가 붉게 물든 인회주를 바라보며 설무린은 강하게 검을 잡았다. 이제부터 이 인회주가 이끄는 자들과의 제대로 된 싸움이 시작될 것이다.

이곳에 있는 넷 중 단 하나라도 무너진다면 그때부터는 걷잡을 수 없을 정도로 밀리고야 말 것이다.

'드디어 시험해 볼 때가 왔군.'

자신 스스로도 기억하지 못하는 그날 이후 늘어난 자신의 내공과 무공 실력.

제대로 펼쳐 볼 기회가 없어 내심 아쉽기도 했는데 결국 그럴 때가 온 것 같다.

패하면 안 되는 극단적인 상황이기는 하지만 말이다. 그리고 오히려 그랬기에 더더욱 전력을 다할 수 있다.

후우웅!

기묘한 소리와 함께 한줄기의 찬바람이 점점 몰려오기 시작했다. 인회주는 흥분했던 얼굴을 살짝 굳히며 주변을 두리번거렸다.

차가운 바람이 인회주의 전신을 천천히 감싸온다. 그것이 마치 얼음으로 된 오랏줄과도 같았기에 인회주는 가볍게 한 번 떨었다.

기분이 좋지 않다.

이 묘한 찬바람이 인회주의 심기를 건드렸다.

곧 그 차가운 기운이 설무린의 검으로 몰려들기 시작했다.

그 힘은 너무나 크고 차가워서 주변에 있는 다른 이들이 자신도 모르게 몸을 움츠러들게 만들 정도였다.

그 모습에 인회주 또한 자신의 검을 꺼내 들었다.

'역시 위험한 놈이야.'

직접 오기 잘했다는 생각이 다시 한 번 든다.

다른 자도 아닌 혈영신마 연위지를 꺾은 놈이 아니던가. 솔직히 말해 설무린을 인회주 자신 혼자서 싸워 반드시 이길 수 있다 장담할 수 없는 상대다.

비록 인회주의 무공이 연위지보다는 위지만 그 차이는 크지 않았다.

설무린은 연위지를 꺾었다.

동수(同數)이거나 최악의 상황에는 인회주 자신보다 위일 수도 있다는 사실을 인정해야 한다.

이토록 어린놈이 자신보다 강할 수도 있다는 사실이 인회주는 미치도록 싫었다. 그리고 어떠한 이유로든 연위지를 꺾었다는 사실을 곧이곧대로 받아들일 수도 없었다.

인회주의 시선이 북설에게로 향했다.

'저 계집……. 저 계집이 도왔을 게야.'

처음 봤을 때부터 그 실력이 범상치 않았다. 설무린이 북해빙궁에서 나올 때부터 데리고 나왔다는 계집. 하지만 수상한 점이 한둘이 아니다.

그건 바로 저 계집의 정체를 전혀 알 수가 없다는 거다.

북해빙궁에 심어둔 간자들을 통해 알아봤거늘 도통 누구인지 알아내지 못했다.

정체는 알 수 없지만 그 실력만큼은 대단하다.

설무린의 측근으로 있으며 항상 그를 보필하는 여자……. 한마디로 인회주의 입장에서는 설무린과 마찬가지로 눈에 가시 같은 존재다.

흑살단과 적혈단, 암영풍마단을 데리고 온 이유는 바로 저 계집을 묶어두기 위해서다.

인회주의 시선이 암영풍마단으로 향했다.

그러자 그 속에서 이들을 이끄는 암영풍마단주가 고개를 끄덕였다.

이미 사전에 이번에 벌어질 싸움에 대해 이야기를 끝내온 터다. 굳이 명령을 내릴 필요도 없었다.

암영풍마단주가 나지막이 입을 열었다.

"가라."

휙휙!

암영풍마단이 양쪽으로 갈라지며 하늘로 비상했다.

"위!"

뒤쪽에 있던 당한림은 하늘로 솟구쳐 올라 날아드는 그들을 발견하며 다급하게 소리쳤다. 하지만 이미 당한림의 말이 나오기 전에 북설은 그들의 움직임을 눈치 챈 상태였다.

휘리릭!

옷자락이 바람에 미친 듯이 흔들렸다.

뒤쪽으로 빙글 몸을 돌리며 북설의 검이 앞으로 향했다. 아직까지 쉬지 않고 쇄도해 들어오던 흑살단과 적혈단을 막아내기 위해서다.

검끝이 부르르 떨린다.

그리고 성난 파도와도 같은 힘이 전방을 향해 쏟아져 나갔다.

콰콰콰쾅!

동시에 하늘에서 수많은 창들이 떨어져 내렸다.

암영풍마단의 공격이었다.

북설이 옆으로 살짝 몸을 틀자 창 하나가 그녀의 옆구리를 스치듯 지나갔다.

북설은 창대를 잡으며 허공으로 도약했다.

허공에 솟구치기가 무섭게 북설의 발이 암영풍마단원 중 하나의 머리통을 노렸다.

재빠르게 내뻗은 일격이었지만 상대방 또한 녹록치 않았다. 급히 몸의 방향을 바꾸며 어깨로 북설의 공격을 받아낸 것이다. 그리곤 북설의 발목을 잡아챘다.

생각지도 못한 상황에 북설은 속으로 화들짝 놀랐다.

'이런……!'

발목을 잡히기가 무섭게 사방에서 창들이 북설에게 인정사정없이 날아들었다.

당장에 날아드는 창들이 북설의 몸을 엉망으로 만들 것만 같았다.

그때 북설의 몸 주변에 미묘한 파동이 일었다.

그리고는,

"하압!"

사방으로 잔떨림이 흐트러진다고 생각했거늘 그것은 곧 커다란 힘이 되어 터져 나갔다.

퍼펑!

"크윽!"

북설의 발목을 잡고 있던 자는 가슴을 움켜잡으며 그대로 땅으로 곤두박질쳤다. 그리고 창을 들이밀던 자들 또한 공격이 빗나갔다.

두 발을 땅에 대기가 무섭게 북설은 다시금 자세를 잡았다.

'쉽지 않겠어.'

암영풍마단의 공격과 더불어 흑살단과 적혈단도 점점 거리를 좁혀오기 시작했다.

세 단(團)의 인원을 합치면 반백의 수. 이들을 북설과 두 명의 당문 독인이 막아내야 한다.

북설의 시선이 날카롭게 변했다.

어려운 일이라는 건 알지만 해내야만 한다.

자신이 무너지면 설무린 또한 힘겨워진다.

설무린의 처지는 어쩌면 북설 자신보다 더할 수도 있다. 비록 상대는 하나지만 그 실력이 이곳에 있는 그 누구보다도 월등한 자기 때문이다.

설무린에게 더 큰 짐을 지게 할 수는 없다.

'내가 막는다……!'

북설의 두 눈에 강인한 의지가 꿈틀거렸다.

설무린이 인회주와 편안한 마음으로 싸울 수 있도록, 이곳은 북설 자신이 목숨을 걸고 싸울 것이다.

북설의 몸에서 차가운 한기가 흘러나오기 시작했다.

중원에 나오면서 강해진 것은 비단 설무린뿐만이 아니다. 북설, 그녀 또한 중원에 나올 때와는 비교도 할 수 없을 정도로 강해졌다.

어릴 적부터 뛰어난 내공 심법을 익혀왔고, 또 그 후로는 최고의 스승이라 불러도 되는 북해의 모든 것을 전수받은 북설이다.

북설에게 모자랐던 것은 오직 하나, 경험.

그러한 경험이 싸움이 계속 되면서 점점 충족되어졌던 것이다.

중원에 있는 무인들 중 그 누가 생사를 건 싸움을 이토록 많이 해보았겠는가.

그 수는 결코 많지 않을 게다.

처음 살인을 하고 떨리는 손을 억지로 진정시켰던 북설은 이제 없다. 이제는 백전노장(百戰老將)마냥 싸움에 익숙해진 한 무인이 있을 뿐이다.

북설은 마음을 다잡았다.

'소궁주님, 이곳은 제가 맡겠습니다. 그러니 소궁주님께서는 반드시……!'

북설은 다가오는 적들을 향해 선공을 펼쳤다.

암영풍마단이 모두 뒤쪽으로 달려가는데도 불구하고 설무

린은 꿈쩍도 하지 않았다. 설무린은 나이 든 노인을 가만히 응시할 뿐이었다.

인회주가 놀리듯 말했다.

"뒤가 걱정되지도 않는 모양이지? 당장이라도 달려갈 줄 알았는데 말이야."

"노인 앞에서 뒤를 보였다가 무슨 꼴을 당하라고. 그냥 순순히 보내줄 생각이었소?"

"크크! 그거야 물론 아니지."

당연하다는 듯이 대꾸하는 인회주를 보며 설무린은 손가락을 꿈틀거렸다. 뒤쪽이 걱정되지 않는다면 그건 분명 거짓말일 것이다.

무려 오십이다.

그것도 제대로 훈련 된 일류의 무인들이다.

하지만 믿는다.

북설이라면, 그녀라면 분명 자신이 돌아갈 때까지 저들을 막을 거라는 막연한 믿음이 있었다.

그랬기에 설무린은 입가에 미소를 머금었다.

그 미소가 인회주의 기분을 건드렸다. 쩍 갈라진 목소리로 인회주가 말했다.

"웃어? 뭐가 웃기다고 웃는 게냐?"

"노인장, 하나 실수를 했소. 그게 뭔지 아시오?"

"실수라니. 곧 죽을 놈이 뭐라고 지껄……."

"암영풍마단이라고 했던가? 저들을 저곳으로 보내는 게 아니었소."

설무린의 미소가 짙어졌다. 설무린이 한발 앞으로 내딛으며 입을 열었다.

"저들로 노인장 당신을 지키게 했어야지."

말이 끝나기가 무섭게 설무린이 손바닥을 움직였다. 미리 준비하고 있던 탓인지 단숨에 주변의 공기가 차갑게 얼어붙으며 커다란 힘이 쏟아져 나갔다.

무슨 헛소리를 지껄이나 귀를 기울이고 있던 인회주는 화들짝 놀랐다.

'빙백신장이다!'

솟구쳐 오르는 얼음 기둥을 보며 인회주는 급히 주먹을 휘둘렀다. 터져 나온 권풍(拳風)이 간신히 밀려드는 얼음 기둥을 박살 냈다.

하지만 잠시 시선을 빼앗긴 사이 눈앞에 있던 설무린의 모습이 보이지 않았다.

인회주는 급히 모든 감각을 일깨웠다.

설무린을 찾아야 한다.

이 위험한 놈에게 조금의 빈틈이라도 보였다가는 돌아올 수 없는 강을 건너게 될지도 모른다.

지금 인회주가 상대하는 자는 그런 위험을 충분히 안고 있기 때문이다.

‘어디냐!’

쒜에엑!

들려온다!

바람 가르는 소리가 들리는 순간 인회주는 설무린의 위치를 파악했다.

인회주는 뒤로 몸을 움직이며 고개를 치켜들었다.

하늘에서 떨어져 내리는 설무린의 모습이 빠르게 들어왔다. 인회주는 숨을 한번 몰아쉬었다.

‘오냐, 이놈!’

번쩍!

인회주는 질세라 검을 위쪽으로 휘둘렀다. 떨어져 내리던 설무린과 인회주의 검이 처음으로 충돌했다.

차앙—!

공격을 받아냈던 인회주는 그대로 뒤로 튕겨지듯 밀려났다. 얼얼한 손목을 느끼며 인회주의 표정이 구겨졌다.

검버섯까지 핀 인회주가 표정까지 구기자 절로 오싹한 소름이 돋을 정도로 괴기스러웠다.

불쾌한 감정을 숨길 생각조차 하지 못할 정도로 지금 인회주의 기분은 좋지 않았던 것이다. 단 일격이었지만 자신이 밀렸다는 것이 인회주의 자존심을 상하게 했다.

인회주가 분한 마음을 채 다스리기도 전에 설무린의 검이 달려들었다.

'빠르다!'

아차 하는 순간 코앞까지 다가온 설무린의 검이 벼락처럼 쏘아졌다.

인회주는 황급히 검을 들고 날아드는 공격을 받아냈다.

순식간에 둘은 이십여 합에 가까이 검을 나누었다.

하지만 일방적으로 설무린이 공격을 가했고, 인회주는 연신 뒤로 물러나며 막기에 급급했다.

간신히 틈이 생기는 순간 인회주는 거침없이 선풍각(旋風脚)을 날렸다.

머리를 노리고 날린 선풍각은 헛되게 허공을 가르고, 오히려 동시에 발을 날린 설무린의 공격에 어깨를 맞으며 주춤 물러서고야 말았다.

발로 인회주를 밀어낸 설무린이 가볍게 몸을 풀며 입을 열었다.

"노인장, 검객이 아닌 것 같은데……."

분명 검 실력이 나쁘지는 않았지만 설무린은 상대의 검술이 어딘가 모자라다고 느꼈다. 그리고 그러한 설무린의 예상은 적중했다.

"호오, 벌써 알아차렸더냐?"

놀랍다는 듯이 말하는 인회주를 보며 설무린이 고개를 끄덕이며 말을 이었다.

"형편없으니 알 수밖에 없지 않소."

그 말에 인회주의 표정이 싸늘하게 변했다. 검으로 상대를 속이다가 기습적으로 자신의 병기를 사용하려 했지만 설무린의 한마디에 마음이 변했다.

인회주가 손을 허리춤에 가져다 댔다.

그리고는 허리에 묶여 있는 검붉은 줄을 천천히 잡아당겼다. 바지를 고정시켜 주는 끈인 줄로만 알았거늘 그 줄의 길이는 무려 두 자는 되어 보였다.

거기다가 묘하게 느껴지는 죽음의 냄새.

피다.

저 줄은 그저 단순한 끈이 아니었던 것이다.

인회주는 줄의 중간 부분을 잡고 양쪽으로 강하게 잡아당겼다. 그러자 그 물건은 묘하게 설무린의 신경을 건드리는 소리를 토해냈다.

쫙! 쫙!

계속해서 줄을 잡아당기며 인회주가 저승사자 같은 표정을 지어 보였다.

자신감 가득한 목소리로 인회주가 말했다.

"원래 이놈의 색깔은 청색이었는데 말이야. 지금은 이 꼴이 되어버렸어. 원래의 이름이 죽편(竹鞭)이라고 했었지, 아마?"

대나무와도 같은 푸름을 지녔던 채찍이라 해서 죽편이라 불렸던 물건이었지만 그것이 인회주의 손에 들리고 나서는 그 모습이 완전히 변해 버렸다.

사람의 피로 물들고 물들어 이제는 더 이상 원래의 푸른빛은 전혀 볼 수가 없다.

죽편이 아니라 혈편이라는 이름이 어울릴 정도다.

죽편을 꺼내 든 인회주는 반대편 손에 들고 있던 검을 휙하니 집어 던졌다.

인회주 본래의 병기는 검이 아닌 바로 편(鞭)이었던 것이다.

인회주가 옆으로 발걸음을 옮기며 입을 열었다.

"오늘 이놈의 색이 더욱 붉어지게 생겼군. 네놈 피는 제법 진할 것 같거든."

"편을 다루는 실력은 검보다 낫기를 빌겠소."

"닥쳐라!"

촤아악!

인회주의 입이 닫히기가 무섭게 죽편은 날카로운 이를 드러냈다.

순식간에 날아든 죽편을 설무린이 옆으로 비켜서며 피하자 그것은 땅에 커다란 바위만 한 구멍을 만들어내며 인회주의 손으로 돌아갔다.

그 모습에 설무린은 침을 꿀꺽 삼켰다.

'무시무시하군!'

웬만한 자라면 단 일격에 온몸이 터져 죽을 게 분명하다.

바위도 산산조각을 낼 터인데 하물며 인간의 몸이야.

부웅, 부웅.

죽편이라 불리는 채찍의 중간쯤을 잡은 채로 인회주는 하늘을 향해 빙빙 돌리며 설무린에게 성큼 다가왔다.

인회주의 표정에서 진득하니 살기가 배어 나왔다.

"네놈은 오늘 반드시 죽는다."

"그럴 일은……."

펴엉!

인회주의 말에 대꾸하려던 설무린은 다시금 급히 몸을 돌렸다.

재차 날아든 죽편이 설무린을 비껴 나가며 옆에 있는 돌집을 두드렸다.

콰르릉!

벽의 옆면이 날아가며 흙먼지와 함께 건물이 한쪽으로 무너져 내렸다. 그 모습을 보며 설무린은 땀을 닦는 시늉을 하며 안도의 한숨을 몰아쉬었다.

"휘유! 이거 단번에 골로 갈 뻔했군!"

"놈! 곧 그리될 게니 안심할 것 없다!"

휘리릭!

위력을 보고서도 아직까지 긴장하지 않은 설무린 때문에 화가 머리끝까지 솟구친 인회주는 쉴 새 없이 채찍을 휘두르기 시작했다.

퍼엉!

펑!

설무린이 뒤로 물러나면서 피하자 목표를 잃은 채찍은 계속해서 양쪽에 있는 건물들을 때려 부수기 시작했다.

"이크!"

아슬아슬하게 공격을 피해낸 설무린이 익살스럽게 비명을 토해내자 인회주가 버럭 소리를 질렀다.

"언제까지 그리 여유가 있을지 보자, 건방진 애송이!"

아슬아슬 비껴 나갔던 죽편이 갑자기 방향을 선회하며 날카롭게 쏘아졌다.

인회주가 죽편에 내공을 집어넣으며 일순 모양을 바꾸었기 때문이다.

핏!

창처럼 선 채찍이 설무린의 옆구리를 스쳐 지나갔다.

장난스럽게 행동하고는 있었지만 모든 신경을 인회주에게 쏟고 있던 설무린이다. 그랬기에 갑작스러운 죽편의 변화에도 그리 큰 타격을 입지 않았다.

설무린은 가벼운 상처를 입히기가 무섭게 더욱 강하게 달려드는 죽편을 향해 수도를 내려쳤다.

퍽!

내공이 실린 설무린의 일격이 채찍과 충돌하며 병기를 창처럼 만드느라 내공을 불어넣고 있던 인회주는 오히려 내상을 입은 채로 급히 죽편을 거두어들였다.

갑작스럽게 죽편으로 스며든 설무린의 내공은 극음의 기운을 지닌 것. 인회주는 뼈마디마저 얼어버릴 것만 같은 한기에 절로 이빨을 부서질 듯 앙물었다.

인회주는 몸에 스며든 한기 때문에 슬쩍 몸을 떨며 설무린을 노려봤다.

'지독한!'

북해빙궁의 무공은 중원의 것과는 너무도 다르다.

채찍으로 스며든 음기의 내공이 인회주의 온몸을 저리게 만든다. 하지만 겉으로 보기에 인회주는 전혀 이상할 곳 하나 없어 보였다.

억지로 참고 있는 게다.

인회주는 지긋이 눈앞에 있는 설무린을 바라봤다.

자신과 싸우며 단 한순간도 침착함을 잃지 않았다. 그리고 채찍을 통해 느낀 설무린의 내공은 보통이 아니었다.

다르다.

자신이 생각한 것보다 강해도 너무 강하다. 이건 흡사 다른 사람을 상대하는 기분이 아닌가.

북해빙궁 내부의 간자들로부터 설무린에 대한 정보들도 모두 긁어모았다. 실제로 모든 실력을 드러내지는 않았을 거라고 생각했다.

그 후 설무린이 중원에 나온 후부터 인회주는 그가 벌인 모든 일에 대해 꼼꼼히 알아봤다. 그의 무공이 어느 정도일지 대충이나마 파악해 냈다.

물론 매번 그러한 자신의 판단은 틀렸고, 결국 참다못해 인회주 자신이 직접 나타나지 않았던가.

그래도 저렇게 어린애가 이같이 어마어마한 내공이라니…….

마치 소림의 고승(高僧)을 상대하는 것처럼 심후한 내력이 꿈틀거리지 않는가.

태양지체라는 독특한 신체가 설무린에게 어마어마한 내공을 늘려준 것을 모르는 인회주로서는 답답하기 그지없었다.

설무린의 내공이 상상을 웃돈다는 사실에 고민하던 것도 잠시였다.

내공만이 싸움의 승패를 가르지는 않는다. 그리고 내공으로도 인회주 자신이 그리 크게 밀리지는 않는다고 스스로에게 암시를 걸었다.

죽편에 다시금 내공을 불어넣으며 인회주가 움직이기 시작했다. 그의 발이 빠르게 땅을 스치듯 움직였고, 손은 둥그런 원을 그렸다.

손에 들린 죽편이 사방으로 흔들렸다.

사아아아!

바람 소리가 들려온다.

죽편을 피하며 계속해서 뒤로 물러난 탓인지 어느 틈엔가 다른 자들과는 제법 거리가 멀어졌다.

설무린 또한 들고 있는 검에 내공을 불어넣었다.

인회주가 춤을 추듯 경쾌한 움직임을 보이기 시작했다.

하지만 그것은 결코 춤이 아니었다.

손에 들린 죽편은 여전히 무서운 이를 언제든지 드러내려고 준비하고 있었다.

낙엽이 바람에 휩쓸리듯이, 조그마한 돌들이 허공으로 솟아올랐다.

그것은 모두 인회주의 손에 들린 죽편 때문에 벌어진 일이었다.

빙글빙글 도는 죽편에서는 모든 것을 빨아들일 것만 같은 힘이 흘러나왔다.

덩실, 덩실.

타다닥!

몸은 박자에 맞춘 듯이 춤을 춘다. 그리고 회오리바람에 휩쓸린 듯이 날아오른 자그마한 돌들이 사방으로 쏟아지며 조그마한 소리를 만들어낸다.

혈풍무편(血風舞鞭)!

춤처럼 보이면서도 요사스러운 살기를 뿜어내는 이것은 바로 인회주의 무공 초식 중 하나인 혈풍무편이었다.

죽편이 만들어낸 회오리바람에 휩쓸리는 순간 살점과 뼈가 모두 흔적조차 남기지 않는다는 잔인하면서도 위력적인 초식이 바로 이것이다.

겉보기에는 모르겠지만 죽편이 만들어내는 공간 안에는 어마어마한 힘이 꿈틀거리고 있다. 그리고 인회주는 설무린이 스스로 이 안으로 몸을 던지기를 기다리고 있는 것이다.

뛰어드는 순간 죽편은 설무린의 전신을 난자할 것이고, 그대로 이 위험한 사내는 세상에서 사라지게 될 게다.

'오너라, 이놈!'

지옥의 구렁텅이!

죽편이 만들어낸 공간은 그리 말할 수밖에 없었다.

춤을 추는 듯 움직이는 인회주의 모습에는 빈틈으로 가득했다.

하지만 설무린은 움직이지 않았다.

지금 달려든다면 승패를 정할 정도는 아닐지라도 적지 않은 타격을 입힐 수 있다는 생각이 드는데도 불구하고 발이 움직이지 않는다.

왜일까?

답은 간단하다.

감각. 미묘한 감각 하나가 설무린을 망설이게 하고 있다.

위험하다.

심장이 두근거리고, 피가 빠르게 전신을 흐른다.

머리 한구석에서 결코 다가가지 말라는 신호를 계속해서 뱉어낸다.

설무린이 움직이지 않자 인회주는 싸늘한 표정을 지었다.

'움직이지 않겠다는 건가? 크크! 판단이 좋군. 하지만, 움직이지 않는다고 해서 능사는 아니지!'

인회주의 표정이 변하는 것을 설무린 또한 놓치지 않았다.

순간 불안한 감각이 전신을 엄습했다. 그리고 그러한 예상은 빗나가지 않았다.

죽편에서 터져 나온 하얀 강기가 밤하늘을 갈랐다.

第二章
맹수(猛獸)

콰득!

날아드는 강기를 설무린은 급히 받아냈다. 그리고는 눈앞
에 벌어지는 광경을 보며 절로 표정을 굳혔다.

'망할……. 괴물 같은 영감!'

깊숙한 곳에 숨어 있는 정체불명의 단체.

그리고 그러한 단체를 지탱하고 있는 기둥 중 하나인 노인
이다.

그 실력이 우스울 리가 없다.

애초부터 방심한다거나 얕보지는 않았지만 그래도 상상
이상의 광경이 지금 설무린의 눈앞에서 펼쳐지고 있었다. 절

로 놀라 입이 벌어질 것만 같은 광경이 말이다.

빙글빙글 도는 죽편이 움직이는 자리마다 하얀 강기가 은하수를 만들어냈다.

밤하늘을 밝게 빛나게 할 정도의 강기들이 죽편을 따라 허공에 수놓아졌다.

파라락!

마치 살아 있는 것과 같이 날아든 채찍이 설무린의 상반신을 노렸다.

“쳇!”

강기에 쌓인 죽편은 아까와는 비교도 할 수 없을 정도로 묵직한 힘을 보였다.

채찍이 검을 잡아채려 하자 설무린은 급하게 손목을 비틀었다.

그리고는 인회주를 향해 빠르게 섬광마멸지를 날렸다.

하지만 그 공격은 인회주를 지키고 있는 강기의 가닥들로 인해 너무도 쉽게 무위로 돌아가 버렸다.

강기들은 인회주를 지키기라도 하는 것처럼 그를 감싸 안았다.

인회주가 나지막이 비웃음을 터뜨렸다.

“크크! 유성편천하(流星鞭天下)라는 초식이지. 네놈을 지옥으로 보내줄 이름이니라!”

내뱉는 외침에는 자신이 있었다.

유성편천하라는 초식에 대한 인회주의 자부심이 물씬 묻어 나왔다. 유성편천하는 공격과 방어, 모두가 가능한 기이한 초식이었다.

강기는 인회주를 지키며, 또한 모든 것을 부순다.

물론 이러한 초식은 어마어마한 내공과 강기를 다루는 능력이 없다면 불가능한 일이다.

조금이라도 미숙하다면 강기를 이토록 만들어낼 수도 없고, 또한 자신의 몸이 강기에 휩쓸려 처참한 최후를 맞이하는 것은 불 보듯 뻔했다.

설무린은 전신을 엄습해 들어오는 강기의 기운을 느끼며 급하게 머리를 굴렸다.

인회주가 펼친 유성편천하라는 초식은 설무린이 상대하기 무척이나 껄끄러웠다. 그것은 다름 아닌 설무린이 펼칠 수 있는 최고의 무공이 설풍수라마검이었기 때문이다.

설풍수라마검은 환검이다.

변화무쌍하고 음유한 기운을 지녔다.

그것이 바로 문제다.

수많은 변화를 내포하고는 있지만 저토록 강기에 싸인 자를 단번에 밀어낼 정도의 파괴력을 설풍수라마검은 지니지 못했다.

오히려 설풍수라마검이 아닌 다른 이대검공인 빙령신검이 인회주에게는 훨씬 위력적이었으리라.

설무린 또한 빙령신검을 펼치지 못하는 것은 아니다.

하지만 설풍수라마검에 전력을 기울였기에 설무린의 빙령 신검은 완벽하지 못하다. 완벽하지도 못한 무공을 가지고 은 하수를 연상케 할 정도의 강기의 바다로 뛰어든다면 승패는 뻔하지 않은가.

여태까지는 그러한 설풍수라마검의 약점을 빙백신장이나, 빙해대력신장 같은 장법으로 대신했다.

하지만 그러한 임시방편도 이렇게 강기를 수족(手足)처럼 부리는 절정고수를 상대할 때가 되니 무엇인가 다소 부족하 다는 생각이 든다.

앞으로 설무린의 앞을 가로막을 자가 얼마나 될지는 알 수 가 없다. 하지만 적어도 이 앞에 있는 자보다는 강한 자는 분 명 존재한다.

인회주라 불리는 이런 노인의 앞에서도 이 같은 막막함을 느낀다면 이후는 어찌한단 말인가.

설무린은 머릿속을 복잡하게 하는 상념을 던져 버렸다.

물론 그것은 고민해야 할 일이다. 하지만 지금 당장은 눈앞 에 있는 인회주를 쓰러뜨려야 한다. 지금 드는 이 고민은 그 후에 해도 늦지 않다.

'결국 저 강기들을 모두 걷어내야 한다는 건데…….'

설풍수라마검을 펼치며 정면으로 달려드는 건 짚을 지고 불에 뛰어드는 것과 마찬가지 행동이다.

우선은 강기들을 걷어낼 수 있을 정도의 힘을 쏟아내야 한
다.

여태까지 그래 왔던 것처럼 빙백신장이나 빙해대력신장이
바로 그 답이 될 것이다.

어떻게 이 상황을 타개해야 하나 고민하던 설무린은 점점
조여들어 오는 인회주의 죽편을 보며 결정을 내렸다.

'계속 두드리는 수밖에 없겠군.'

강기는 내공의 소모가 극심하다. 날아드는 강기에 당하지
않으며 계속해서 두드리다 보면 결국 인회주의 밑천이 드러
나고 말 것이다.

설무린 자신 또한 강기로 상대해 볼까도 싶었지만 금세 마
음을 바꿨다. 공격에 당하지만 않는다면 굳이 저토록 계속해
서 강기를 사용하며 내공을 쏟아내고 있는 것에 맞춰줄 필요
가 없다.

천천히 내공이 바닥나기를 기다리는 것이 지금 상태에서
는 더욱 현명해 보였다.

설무린은 빠르게 손바닥으로 내력을 끌어 모았다.

그리고는 준비했던 빙백신장을 터뜨렸다.

촤라락!

솟구쳐 오른 얼음 기둥과 음유한 기운이 유성편천하의 초
식을 펼치고 있는 인회주를 향해 날아들었다.

강기의 벽을 후려치는 순간 인회주는 비틀거리기는 했지

만 전혀 타격을 입은 것 같지 않았다. 점점 휘몰아치는 강기의 모습이 선명해지기 시작했다.

인회주는 설무린을 향해 점점 거리를 좁혀오기 시작했다.

'예상대로 시간을 끌 생각이로군.'

인회주는 설무린의 생각을 읽었다. 그것은 결코 어려운 일이 아니었다.

만약 인회주 자신이 설무린의 입장이었다고 해도 그와 같은 결론을 내렸을 테니까 말이다.

하지만 그 정도의 약점 정도는 인회주 또한 예전부터 알고 있던 바다.

강기를 사용하는 것은 어마어마한 내력을 소모하게 한다.

그것을 계속해서 유지한다는 것은 제아무리 심후한 내력을 지닌 자라고 해도 무리가 따르는 것은 당연하다.

하지만……!

'네놈의 판단은 틀렸다.'

유성편천하.

단지 강기가 날아든다고 해서 이러한 이름을 붙인 것이 아니다.

유성편천하는 이렇게 강기로 자신의 몸을 지키며 상대를 옥죄어가는 방어적인 초식이 아니다.

유성편천하, 그것은 지극히 공격적인 초식이었다.

애초부터 인회주는 이러한 상황이 된다면 설무린이 자신

의 내공이 다하기를 기다릴 것을 알고 있었다. 그리고 유성편천하는 그러한 방심을 노리는 초식.

곧 닥칠 상황을 상상하며 인회주는 흥분을 참지 못하고 두 눈을 빛냈다.

빙해대력신장으로 다시 한 번 두드리려던 설무린이 멈칫한 것은 찰나였다. 번들거리는 인회주의 눈빛을 보는 순간 설무린은 무엇인가 틀렸다는 것을 알아차렸다.

지금 자신이 무슨 행동을 하는지 모르지 않을 터인데 오히려 인회주의 표정은 먹이를 잡아채기 직전의 맹수와도 같았다.

'…위험해!'

궁지에 몰아넣었다고 생각했거늘 오히려 기다렸다는 듯한 눈빛.

설무린은 빙해대력신장을 쏘아내기가 무섭게 다급히 뒤로 물러서며 검을 치켜들었다.

그리고 그러한 설무린의 반응과 동시에 인회주의 몸 주위를 감싸고 있던 강기의 가닥들이 유성처럼 쏘아져 세상을 뒤덮었다.

콰콰쾅!

하늘 위로 솟구쳤던 강기들이 마치 이끌리기라도 하는 듯 땅으로 쏟아져 내렸다.

유성우(流星雨)!

번쩍!

쏴아아아—!

그것은 마치 쏟아지는 빗줄기와도 같았다. 하지만 그것은 물방울이 아닌 강기의 가닥들이었다.

하얀 강기는 모든 것을 부숴 버렸다.

쾅! 쾅쾅!

와르르르!

주변에 있던 강기에 휩쓸린 모든 건물들이 무너져 내렸다. 커다란 나무들도, 단단한 바위조차도 형체를 알아볼 수 없게 되어버렸다.

모든 것이 눈 한 번 깜짝할 정도로 순식간에 벌어진 일이었다.

세상의 모든 것을 인회주의 몸에서 쏟아져 나온 강기에 의해 모조리 지워져 버렸다.

유성우가 멈췄다.

그리고 순간 세상은 고요했다.

그저 강기로 인해 모든 것이 부서지며 흩날리기 시작한 흙먼지만이 세상의 전부로 보였다.

허리를 굽힌 채로 인회주가 힘겹게 웃음을 흘렸다.

"호, 호호! 으핫핫!"

인회주는 식은땀으로 범벅이다.

살을 주고 뼈를 친다는 생각에 빙해대력신장을 그대로 몸으로 받아냈다. 거기다가 그토록 많은 내력을 단 한순간에 모두 터뜨렸다.

마치 구멍 뚫린 독에서 물이 흘러나가듯이 인회주의 내력 또한 순식간에 바닥을 드러낸 것이다.

쏟아낸 피로 입 주변이 피범벅이고 온몸에 힘은 없었지만 인회주는 유쾌했다.

최근 인회주의 골머리를 썩게 했던 설무린을 죽였다는 생각 때문이다.

그놈 때문에 입은 피해가 보통이 아니었다.

거기다가 설무린은 궁주의 심기도 건드렸다.

설무린을 죽였다는 것을 알린다면 궁주 또한 흡족해할 게 분명하다.

다른 두 회의 회주인 천회주와 지회주. 놈들 앞에서 으스댈 것이 하나 생기지 않았는가.

힘은 쭉 빠져 버렸지만 십 년 묵은 체중이 확 내려갔다는 생각 때문인지 인회주의 마음은 가볍기만 했다.

그가 소매로 이마를 닦으며 털썩 주저앉았다.

긴장이 풀어지니 그나마 남아 있던 힘까지 한 번에 쏙 빠져나가 버렸다.

당장이라도 뒤쪽에서 벌어지는 싸움에 합류하고 싶었지만 몸 상태가 그리 좋지 않다.

거기다가 자신이 합류하지 않아도 그 싸움은 곧 끝날 것이라 인회주는 생각했다.

'잠시만. 아주 잠시만 쉬었다가…….'

두 다리를 쭉 펴고 앉은 채로 잠시 숨을 돌리려던 인회주의 몸이 딱딱하게 경직되었다. 그리고 시선은 주변을 뒤덮은 흙먼지 저 너머로 향했다.

인회주는 믿을 수 없다는 듯이 양손으로 두 눈을 비볐다.

거짓말일 게다.

자신이 헛것을 보고 있는 것이라고 속으로 되뇌며 인회주는 눈을 크게 떴다.

하지만 꿈이 아니다.

헛것도 아니다.

가라앉는 흙먼지 속에 그가 있었다.

"설… 무린!"

땅에 주저앉아 있던 인회주가 용수철이 팅겨 오르듯이 자리에서 벌떡 일어섰다.

인회주의 낯빛은 창백했다.

그도 그럴 것이 설무린이 살아 있었다. 강기의 유성우에 제대로 당했다고 생각했던 설무린이 말이다.

찢겨져 넝마에 가깝게 변해 버린 옷. 찢겨진 옷 사이로 드러난 몸은 피투성이다.

하지만, 이건 아니다. 검에 스친 것도 아니고 강기에 뒤덮이지 않았던가!

설무린은 제법 큰 부상을 입기는 했지만 두 발로 꼿꼿하게 서서 자신을 바라보고 있다.

눈동자가 죽지 않았다.

오히려 번쩍거리는 안광(眼光)으로 인회주 자신을 응시하고 있다.

있을 수 없는 일이다.

어떻게 이런……!

인회주는 떨리는 목소리로 입을 열었다.

"…괴물이로군."

설무린의 상태가 멀쩡하지는 않다지만 지금 인회주가 펼쳤던 것이 무엇인가. 다름 아닌 유성편천하라는 강기를 쏟아내는 무공이었다.

강기가 정확하게 설무린에게 들어갔다.

그걸 자신의 두 눈으로 똑바로 확인했다. 그랬기에 끝이 났다 자신하며 크게 웃음을 터뜨렸던 것이다.

그런데도 불구하고 살아 있는 놈을 보니 온몸에 소름이 오싹 돋는다.

흙먼지 사이로 모습을 드러낸 설무린은 이마를 타고 흘러내리는 피를 손등으로 조심스레 닦아냈다.

눈이 쓰라리다. 이마를 타고 흘러내린 피가 시야를 어지럽힌다.

정신이 멍해졌을 정도로 큰 부상이다. 온몸에 안 아픈 곳이 없고, 한 걸음을 내딛을 때마다 고통 때문에 절로 입술이 떨려온다.

하지만 설무린의 주먹에는 잔뜩 힘이 들어가 있었다.

'…살아 있다!'

위험하다는 것을 직감적으로 느끼고 급히 공력을 거두어 날아드는 강기를 막아내는 데 전력을 다하기는 했지만 그 힘은 너무나 거대했다.

거기다가 제대로 준비가 되지도 못했던 탓에 거의 전신을 그대로 강기에 노출시키고야 만 것이다. 산다고 해도 팔다리 한두 개쯤은 각오해야 했을 정도로 위협적이었다.

호신강기를 급히 일으켰다지만 시간이 촉박했다.

하지만 천운(天運)이 따랐다.

설무린이 이토록 멀쩡할 수 있었던 것은 일전에 혈영신마 연위지와 싸운 후에 급속도로 늘어난 내공 덕분이다.

원래 설무린의 내공이었다면 급히 일으킨 호신강기로 인회주의 유성편천하의 강기들을 막아낼 수 없었다.

그러나 설무린의 단전은 그때와는 비교도 할 수 없을 정도로 늘어나 있었던 것이다. 아주 찰나의 순간에 끌어 모은 내공은 어마어마했고, 그 힘이 호신강기를 두텁게 만들었다.

거기다가 내공이 늘어나는 것과 동시에 설무린의 신체는 흡사 금강불괴(金剛不壞)를 연상케 할 정도로 단단해졌다. 그 덕분에 호신강기를 파괴하고 날아든 강기들도 설무린의 목숨을 앗아갈 수 없었던 것이다.

비록 멀쩡하다고 말할 수는 없지만 이 정도의 부상으로 끝난 것은 정말 기적이라고 할 수 있었다.

"하아, 하아."

거칠게 숨을 몰아쉬던 설무린이 검을 들어 올렸다.

비록 큰 부상을 입었다고는 하지만 상대인 인회주의 상태 또한 좋지 않다.

유성편천하의 강기로 끝낼 생각이었기에 모든 내력을 쥐어짠 탓이다.

제아무리 강한 절정고수라 해도 그토록 많은 강기를 쏟아냈으니 당연히 몸에 제대로 된 힘이 남아 있을 리 만무하다.

그랬기에 인회주는 피투성이가 된 설무린을 마주하고 있으면서도 잔뜩 긴장하고 있었다.

급하게 내력을 끌어 모았지만 그것이 얼마 되지 않는다. 거기다가 전혀 방비도 하지 않은 채로 몸으로 받은 빙해대력신장 때문에 속이 잔뜩 뒤틀린 상태다.

내공을 운용하는 것도 쉽지 않은 몸.

검을 들어 올린 설무린을 막기 위해 급히 죽편을 휘두를 태세는 취했지만 머릿속이 복잡하다.

내력은 얼마 남지 않았지만 상대방 또한 커다란 부상을 입고 있다.

이런 상대를 앞에 두고 뒤를 보고 도망친다는 것은 무인의 자존심이 상할 일이다.

당장이라도 쓰러질 것 같은 설무린…….

뒤로 도망쳐서 수하들에게 몸을 숨길까 하던 인회주는 마음을 굳혔다.

'벽력궁의 인회를 담당하는 내가 그런 꼴사나운 모습을 보일 수는 없는 일!'

상대는 피투성이다.

두 다리로 서 있기는 하지만 분명 몸 상태는 최악일 것이다. 아니, 어쩌면 오기로 버티고 있는 것일지도 모른다.

가벼운 공격 하나 받아내지 못하고 당장 뒤로 나자빠질 수도 있다.

저런 놈을 두고 도망친다는 것은 우스운 일!

인회주는 죽편을 잡은 손을 가볍게 떨었다.

'오냐, 운 좋게 강기들 속에서 살아나기는 했지만 그렇다고 해도 네놈의 몸은 이미 만신창이가 됐을 터!'

죽인다.

놈을 죽이고 피투성이가 된 설무린의 목을 궁주에게 보낼 것이다.

남아 있는 내력은 죽편에 불어넣으며 인회주가 으르렁거리는 목소리로 말했다.

"살기 위해 바락바락 기어오르는구나. 그냥 죽었다면 또다시 공포를 느낄 필요는 없었을 터인데……."

설무린은 인회주를 응시했다.

가만히 서서 인회주의 말을 끝까지 들은 설무린이 히죽 웃으며 대꾸했다.

"노인장이야말로 도망쳤다면 살 수도 있었을 텐데 멍청한 짓을 한 것 같소."

"건방진 놈!"

인회주가 이를 뿌드득 소리가 날 정도로 강하게 갈았다.

분에 찬 그의 눈에 독기가 인다.

그리고 죽편은 어느새 뻣뻣하게 서서 설무린을 향하고 있었다.

'빠르게 끝내야 한다.'

내력이 바닥을 드러내기 시작한 인회주로서는 길게 싸움을 끌어봤자 좋을 것 하나 없다. 마음은 내심 조급했지만 인회주는 겉보기엔 전혀 동요하지 않았다.

긴장하고 있다는 걸 상대에게 군이 보여주고 싶지 않았기 때문이다.

'어떤 수를 쓸까?'

검강이나, 강기 같은 내력을 극도로 사용하는 공격은 지금 상태로 다소 무리가 따르기에 인회주로서는 선뜻 정하기가 어려웠다.

'우선 놈의 몸 상태를 확인해 봐야겠군.'

간단한 공격으로 끝낼 수 있다면 약간의 내공만을 실어 변칙적인 수법으로 끝낼 생각이었다. 그렇지만 망설이는 인회주를 비웃기라도 하려는 듯이 설무린이 먼저 움직였다.

"헙!"

갑작스럽게 날아든 설무린의 검이 사방으로 갈라졌다.

인회주는 급한 발걸음으로 뒷걸음질치며 전방을 향해 죽편을 휘둘렀다.

차앙!

검을 밀어내기는 했지만 공격은 끊이지 않았다.

설무린의 몸이 빠르게 인회주를 향해 다가왔다.

'이런!'

검이 사방으로 퍼지는 듯싶더니 그것이 모두 검기로 변해 인회주의 몸을 칼바람 속으로 몰아넣었다.

바로 설풍수라마검의 다섯 번째 초식인 수라참극의 초식이 펼쳐졌던 것이다.

"으윽!"

충분히 피할 수 있을 것만 같았거늘 내력이 뒷받침해 주지 않은 탓인지 몸이 무거웠다. 그 탓에 입지 않아도 될 상처를 입은 인회주가 피를 쏟아냈다.

온몸이 피투성이가 되며 뒤로 밀려난 인회주가 두 눈을 부릅뜨며 소리쳤다.

"이놈!"

노한 인회주가 그대로 육장을 휘둘렀다.

평소였다면 사방이 부르르 떨릴 정도로 위력적인 장법이 었을 테지만 모든 것은 내공이 밑바탕이 되어야 하는 법.

그 장법은 너무나 힘이 없었다.

펑!

날아드는 장법을 향해 설무린이 손을 휘두르자, 볼품없이 인회주의 공격은 무위로 돌아갔다.

"크으! 이 새파랗게 어린놈이!"

인회주는 자신의 공격이 너무나 쉽게 무위로 돌아가자 분에 못 이겨 부들부들 떨었다.

다시 한 번 이마에서 흘러내리는 피를 닦아낸 설무린이 차갑게 말했다.

"이게 다요?"

비록 상처 때문에 피투성이 꼴에, 내상도 입었지만 설무린의 몸은 아직 싸우기에 충분했다.

설무린은 지체없이 검을 들어 올렸다.

시간이 없다.

지금 북설은 당문 독인 두 명의 힘을 빌려 수십에 달하는 자들과 싸우고 있다.

물론 북설에 비한다면 한참은 떨어지는 자들이라고는 하지만 그 많은 수를 상대하는 것이 무척이나 버거운 것은 당연한 일이다.

설무린이 대수롭지 않다는 듯 입을 열었다.

"노인장을 보아하니 당신들이 몸담고 있는 그 궁(宮)이라는 곳도 별 볼일 없는 듯하오."

설무린이 내뱉은 그 한마디는 가뜩이나 분에 못 이겨 하던 인회주의 마지막 남은 자존심을 건드렸다. 붉게 변한 안색으로 설무린을 노려보던 인회주가 죽편에 실었던 내공을 풀었다.

그러자 죽편은 뻣뻣했던 모습을 잃고 원래의 채찍과도 같은 모습으로 돌아왔다.

얼핏 보면 모든 것을 포기한 듯한 모습.

하지만 설무린은 전혀 긴장을 풀지 않았다. 오히려 더욱 모든 감각들을 곤두세웠다.

비록 지금 설무린 자신이 유리한 상황이라고 해도 상대는 결코 만만하지 않다.

연위지를 만나기 전, 그러니까 지금처럼 내공이 늘어나지 않았던 상태였다면 쏟아지는 강기로 인해 온몸이 만신창이가 되어 죽음을 맞이했을 게다.

조롱 섞인 말들로 화를 나게 하고는 있지만 상대를 무시해서가 아니다.

설무린은 잘 알고 있다.

인회주……. 저자는 맹수(猛獸)다.

저런 자를 상대할 때는 숨이 끊어지기 전까지는 결코 방심해서는 안 된다.

심지어는 숨이 멈춰 죽은 후에조차 말이다.

'죽을 준비를 하는 게 아니야. 놈은 아직까지도 날 죽일 생각뿐이다.'

내력을 거두었지만 싸움을 포기해서가 아니다.

오히려 마지막 한 수를 펼치기 위해 한 호흡까지 모두 고르는 것이리라.

내력을 거두었던 인회주가 죽편을 잡은 손을 머리끝까지 들어 올렸다.

그리고는 다소 차분해진 말투로 입을 열었다.

"네놈, 제법 귀찮은 놈이야."

"칭찬으로 듣겠소."

"뭐 칭찬이라고 생각해도 좋아. 솔직히 말해 처음 중원에 나선 네놈을 손쉬운 사냥감으로 생각했었다. 다소 늦었지만 취소하지."

"이제라도 알아주니 고맙다고 해야겠는데……. 갑자기 날 띄워주는 이유가 뭐요?"

설무린의 물음에 인회주가 피식 웃었다.

그래, 사실 그랬다.

처음에 설무린을 얕잡아 보지만 않았다면 몇 번이고 그를 죽일 기회가 있었다. 상대를 우습게보고 시간을 준 것이 오히려 실수였다.

그때 죽였어야 했다.

처음 북해빙궁에서 설무린이 나왔을 때 자신과 연위지 모두 함께 북해 소궁주를 깨끗하게 처리했어야 했다.

하지만 그때는 몰랐다.

설무린이 그렇게 위험한 놈일 줄은.

그렇게 과거를 후회하고 있는 인회주를 향해 설무린이 난처하다는 표정을 지으며 대꾸했다.

"이제 와서 도망치게 놔달라는 거면 곤란한데……."

그럴 상대가 아니라는 걸 알면서도 설무린은 일부러 상대의 기분을 슬쩍 건드렸다. 하지만 인회주는 그런 말에 분노를 토해내기는커녕 오히려 콧방귀를 꼈다.

그리고는 말을 이었다.

"도망이라……."

가당치도 않은 소리다.

지금의 몸을 끌고는 도망도 치지 못한다는 걸 인회주는 잘 알고 있다.

등을 보이면 필패(必敗)!

맞선다고 해도 확실히 이길 거라 자신할 수는 없지만…….

인회주의 시선이 설무린에게 와서 박힌다. 이곳까지 왔으니 이제 남은 것은 단 둘뿐이다.

죽이거나, 아님 죽거나.

인회주는 마지막 남은 내력을 끌어 모으며 나지막이 말했다.

"그래도 결국 네놈은 여기서 죽는다."

죽편이 마치 생명이라도 있는 것마냥 허공으로 치솟았다. 뱀과도 같이 유연하게 꿈틀거리는 죽편을 든 채로 인회주가 몸을 날렸다.

"죽어랏!"

미친 듯이 꿈틀거리는 죽편은 마치 살기 위한 마지막 몸부림처럼 비춰졌다.

인회주가 움직이는 순간 설무린의 몸 안에 있던 내공이 진동했다.

애초부터 인회주의 공격을 막을 생각은 없었다. 설무린 또한 일격을 준비하고 있었던 것이다.

그것은 북해빙궁의 암기법인 수라빙절!

인회주가 움직이는 순간 허공에 거짓말처럼 빙침(氷針)들이 모습을 드러냈다. 그리고는 인회주를 향해 수백 개가 넘는 빙침들이 쏘아졌다.

날아드는 빙침을 보면서도 인회주는 발을 멈추지 않았다.

모든 내력을 쥐어짰다.

지금에서 급히 발을 멈추고 빙침들을 막아낸다면 그 후는 없다.

인회주는 임시방편으로 공격의 방향을 살짝 비틀었다.

죽편이 빙침들을 가르며 설무린을 향해 날아든다. 그렇지만 그 한 번의 움직임으로 수 갈래로 날아드는 빙침을 모두 막아낼 수는 없었다.

퍼퍼퍽!

빙침들이 몸을 관통하며 온몸에서 핏줄기가 솟구친다.

'조금 더!'

발을 멈추지 않으며 인회주가 설무린을 향해 더욱 다가갔다. 순간 밝았던 시야가 확 하니 어두워진다. 동시에 큰 고통이 온몸을 엄습해 왔다.

빙침이 두 눈에 틀어박힌 것이다.

그럼에도 불구하고 인회주는 멈추지 않았다.

'지금!'

재빠르게 죽편을 휘둘렀다.

제대로 이 죽편을 머리에만 맞힐 수 있다면 놈의 목숨을 취할 수 있으리라.

하지만…….

막 죽편을 내려치는 순간 빙침이 심장과 머리를 관통했다.

"컥!"

짧은 단말마의 비명과 함께 인회주의 몸이 무너졌다. 내려쳐졌던 죽편이 아슬아슬하게 설무린을 비켜가며 옆쪽의 땅을 후려쳤다.

떨어진 죽편에 이어 인회주의 몸 또한 앞으로 푹 하고 쓰러졌다.

빙침에 관통당한 상처들에서 쉬지 않고 피가 쏟아져 나

온다.

즉사(卽死)!

설무린은 말없이 쓰러진 시신을 내려다봤다.

그리고는 여태까지 태연하게 서 있던 것과는 다르게 비틀거리며 주저앉아 버렸다.

땅에 주저앉은 설무린이 한숨을 내쉬었다.

"까딱하면 위험할 뻔했군."

온몸에 진이 확 빠져 버렸다.

피를 워낙 많이 흘린 탓에 조금 어지럽기까지 하다. 하지만 설무린은 잠시 숨을 몰아쉬고는 피투성이가 된 몸을 이끌고 자리에서 일어났다.

설무린의 싸움은 끝났지만 아직 모든 상황이 정리된 것이 아니다.

북설, 그리고 당문의 두 무인.

그들을 도우러 가야 한다.

설무린은 지친 몸으로 천천히 숨을 몰아쉬며 싸움터를 향해 걸어가기 시작했다.

인회주를 도우러 오지 않은 것을 보아하니 아직 싸움은 끝나지 않은 듯하다.

믿었던 대로 북설이 그들을 잘 막아주었다.

'역시 믿음직하단 말이야.'

설무린에게 북설은 천군만마(千軍萬馬)와도 같다. 강하고

영특하면서도 믿고 뒤를 맡길 수 있을 정도로 충성심도 대단히 강하다.

처음 북설이 자신의 그림자무사가 되려고 왔다 했을 때는 짐이라 생각했는데 오히려 이제 그녀가 설무린에게 큰 힘이 되어주고 있다.

만약 북설이 없었다면 설무린은 지금보다 몇 배는 힘들었거나, 시신이 되어 땅속에 누워 있었을지도 모르는 일이다.

몸 상태는 좋지 않았지만 설무린은 전혀 지체하지 않았다.

다소 멀리 떨어져 나오기는 했지만 북설이 있는 곳까지 돌아가는 건 오래 걸리지 않았다.

싸움터에 도착한 설무린은 상황을 보며 안도의 한숨을 내쉬었다.

한눈에 봐도 북설은 큰 부상이 없는 듯했다.

조그마한 길을 이용해 최소한의 적만이 달려들 수 있게 하며, 뒤쪽에서는 당문의 두 무인인 당한림과 당서화가 쉴 새 없이 암기를 뿌려댔다.

그 셋의 힘이 제법 강했는지 주변에는 시신들이 가득했다.

암영풍마단의 자들을 제하고는 거의 전멸이라고 해도 될 정도로 그들의 수는 몇 남지 않았었다.

독에 당했는지 안색이 시퍼렇게 변해 죽은 자. 암기에 맞아 숨이 끊어진 자. 그리고 북설의 검에 당한 자까지 각양각색이었다.

생각보다 더욱 좋은 상황이다.

설무린이 일부러 모두가 들릴 정도의 큰 목소리로 입을 열었다.

"잘되어가고 있는 모양이군!"

내공을 실은 설무린의 목소리가 사방으로 진동했고, 싸움은 일순 소강상태로 변해 버렸다. 시선을 돌렸던 벽력궁 인회의 인물들의 안색이 눈에 띄게 변했다.

설무린이 이곳에 멀쩡하게 나타났다는 말이 무엇을 의미하는지 잘 알기 때문이다.

반면 북설의 얼굴에는 드물게 기쁜 표정이 감돌았다.

"소궁주님!"

처음 인회주를 봤을 때부터 그의 강함을 어느 정도 느낀 북설이다. 그랬기에 설무린의 안위를 내심 걱정했는데 인회주를 꺾고 무사히 돌아온 것이다.

반갑게 자신을 부르는 북설을 보며 설무린이 미소를 지으며 입을 열었다.

"슬슬 정리해 볼까?"

설무린은 검을 든 채로 모여 있는 벽력궁 인회 무인들의 뒤쪽으로 달려들었다. 그 모습을 본 북설 또한 기다렸다는 듯이 정면에서 강하게 치고 나갔다.

"이얍!"

여태까지 자리를 지키며 싸워왔던 북설이 단숨에 가운데

를 파고들었다.

순식간에 적들을 양쪽으로 갈라 버린 둘이 서로의 얼굴을 맞댈 정도로 가까워졌다. 설무린이 북설을 바라보며 따뜻한 목소리로 말했다.

"수고했다."

동시에 둘의 검이 사방으로 흩어졌다.

第三章

궁주의 분노

걸어 다니지 못할 정도는 아니었지만 인회주와의 싸움으로 설무린은 제법 큰 부상을 입었다. 외상도 외상이지만 적지 않은 내상 또한 설무린을 괴롭혔다.

북설은 며칠 쉬어 몸이 나은 후 움직이자고 제안했지만 설무린은 그럴 시간이 없다며 서둘러 발걸음을 옮기려 했다.

임시방편으로 일행은 마차를 구해 그나마 편하게 사천당문을 향해 가고 있었다.

인회주와의 싸움이 있은 지 어느덧 일주일가량이 지났다.

몸 상태는 제법 나아지기는 했지만 아직까지 완전한 상태는 아니다.

마차 안에서 설무린은 찌뿌듯한 몸을 풀기라도 하려는 듯이 길게 기지개를 폈다.

사천당문에 조금씩 가까워지면서 희망과 함께 불안함이 꿈틀거린다.

혹시나 흡혈잠마지독의 해약을 만들지 못하는 건 아닐까부터 북해빙궁과 사천당문의 사이까지 모두 말이다.

거기다가 점점 머리를 아프게 해오는 것은 설무린 자신의 부족함 때문이다.

예전부터 느껴왔었지만 이번 인회주와의 싸움에서 절실히 느꼈다.

설풍수라마검의 한계.

바로 그것이 지금 설무린의 마음을 복잡하게 하는 것이었다.

분명 설풍수라마검은 강하다.

거기다가 격보와 운보가 가미되면 그 변화를 쫓기란 극히 어렵다.

문제는 힘.

설풍수라마검은 환을 쫓는 검법이니 만큼 패도적인 부분이 부족하다. 그런 검법만으로는 검강을 자유자재로 사용하고, 강기를 쏟아내는 적들과 정면으로 싸우기는 어렵다.

앞으로 분명 그러한 자들을 수도 없이 만날 터이니 걱정이 되지 않을 리가 없다.

'쩝, 빙령신검만 진득하니 익히기도 그렇고…….'

그나마 다행인 것은 늘어난 내력 덕분인지 장법을 비롯한 여러 가지 무공이 한층 위력이 더해진 것이다.

"에휴. 머리가 지끈거리는군."

설무린은 긴 한숨과 함께 몸을 의자에 묻었다.

마차는 그런 설무린의 고민과는 전혀 관계 없이 계속해서 사천으로 향했다.

서역 남목림(南木林) 벽력궁(霹靂宮)에 전운이 감돌았다.

당장이라도 폭발할 것만 같은 일촉즉발의 상황에 무릎을 꿇고 있는 천회주와 지회주 둘 모두 숨조차 제대로 쉬지·못하고 있었다.

휘장 안에 있는 사내는 아무런 말도 없다.

하지만 그러했기에 더욱 커다란 힘이 천회주와 지회주를 억눌렀다.

차라리 호통이라도 쳤으면 좋으련만…….

이토록 벽력궁에 흉흉한 기운이 감도는 것은 모두 북해빙궁의 소궁주 설무린 때문이다.

오늘 아침 날아든 정보는 벽력궁주 뇌운성의 심기를 무척이나 불편하게 했다. 확실한 정보라는 건 알지만 그럼에도 불구하고 믿기 어려운 소식이다.

인회주.

그가 죽었다.

벽력궁을 지탱하는 세 기둥 중 하나인 인회주가!

그것도 북해빙궁의 소궁주라는 어린놈에게 말이다. 문제는 인회주가 숨을 거뒀음에도 불구하고 북해 소궁주는 살아서 무림을 횡횡하고 있다는 거다.

고개를 숙이고 있던 지회주 적운강이 가볍게 이를 갈았다.

'젠장, 어제 돌아갔어야 했는데…….'

원래의 일정대로라면 어제 태양궁으로 돌아갔을 터지만, 술을 즐기다가 잠에 빠져 버린 것이 실수였다.

하필이면 오늘 이 같은 소식이 날아들 줄은 상상도 못했던 것이다.

어제 돌아가지 않은 것을 한탄하면서도 적운강은 벽력궁주의 눈치를 조심스레 살피기 시작했다.

설무린……. 그는 북해빙궁 소속이다.

북해빙궁의 일을 담당하는 것은 다름 아닌 지회주인 적운강의 임무였다. 일전에도 설무린의 일로 벽력궁주 뇌운성에게 한 소리를 듣지 않았던가.

그리고 지금 벌어진 일은 그때와는 비교도 할 수 없을 정도로 크다.

인회주가 죽었다.

중원의 모든 일을 맡고 있던 그의 죽음은 너무나 컸다.

더군다나 인회에서 손으로 꼽을 만한 자들은 대부분 죽었다고 봐야 할 것이다.

지휘 계통이 무너진 인회는 순식간에 힘이 분산되어 버렸다.

다시금 인회를 정돈하기 위해서는 그만큼 오랜 시간과 재력을 소모하게 된다.

'망할 놈! 사사건건 날 곤란하게 만드는구나!'

설무린의 얼굴을 떠올리며 적운강은 치밀어 오르는 분노를 애써 삭였다.

그때 휘장 안에 있던 벽력궁주 뇌운성이 마침내 침묵을 깨고 입을 열었다.

"인회주가 죽었다."

"……."

뇌운성의 말에 천회주, 지회주 둘 모두 침묵했다. 이미 들어서 알고 있는 일이다.

다만 어떤 말도 꺼내기 어려웠기에 굳게 입을 닫고 있을 뿐이었다.

뇌운성은 휘장을 걷고 걸어나왔다.

준수한 중년인.

어떠한 생각을 하는지 알 수 없을 정도로 무표정이었지만 지금 그가 얼마나 크게 노했는지 천회주와 지회주는 모두 알고 있었다.

당장에 땅이라도 파고 숨을 것마냥 둘은 머리를 박은 채로 고개를 들지 못했다.

천천히 계단을 걸어 내려온 뇌운성이 이상하다는 어투로

중얼거렸다.

"설무린…… . 지 아비는 가만히 있는데 자식놈이 하늘 무서운 줄 모르고 설치는군."

벽력궁주 뇌운성의 발걸음이 고개를 땅에 박고 있는 둘 앞에서 멈추어 섰다. 고개를 숙인 채로 두 사람 모두 두려움에 절로 위축되어 있었다.

그만큼 뇌운성은 압도적인 사내였다.

그때,

"커억!"

고개를 숙이고 있던 적운강의 목을 뇌운성이 단숨에 잡아채서 들어 올렸다. 허공에 대롱대롱 매달린 채로 적운강은 고통스러운 신음 소리를 토해냈다.

붉게 변한 얼굴.

몸에 있는 힘줄이 모두 튀어나오며 당장이라도 육신이 찢겨져 나갈 것만 같다.

뇌운성이 이를 갈며 적운강의 이름을 불렀다.

"적운강! 네놈의 작은 실수 하나 때문에 모든 계획에 차질이 생겼다!"

설무린을 우습게본 것.

그것이 바로 적운강이 저지른 실수다.

인회를 중원에 심는데 무려 이십 년이 가까운 시간이 걸렸다.

그런데 이렇게 되어버렸으니…… .

그들을 보통 사람처럼 위장하고 중요한 문파나 요충지들에 잠입시켜야 한다. 그러기 위해서 필요한 시간은 최소 십 년 이상이다.

복수심으로 살아가는 뇌운성에게 십 년이라는 시간은 분노를 터뜨릴 만했다.

흰 눈자위가 보일 정도로 완전히 실신한 적운강을 뇌운성은 휙 하니 집어던졌다.

가벼운 손짓으로 보였지만 현실은 그렇지 않았다.

강하게 허공을 가르며 날아간 적운강이 벽에 틀어박혔다.

콰앙!

"크윽!"

고통 어린 신음 소리와 함께 적운강은 거칠게 기침을 토해 냈다.

숨을 쉴 수 있게 되었지만 붉어진 얼굴은 아직도 그대로다.

뇌운성이 차가운 눈동자로 쓰러져 있는 적운강을 바라봤다.

적운강은 부들부들 떨고 있었다. 단지 두려움 때문만은 아니다.

그것은 뇌운성이 목을 조를 때 손을 통해 흘러들어 간 벽력(霹靂)의 기운 때문이다.

오장육부(五臟六腑)가 뒤집히고, 온몸이 저릿저릿하다.

크게 내력을 불어넣은 것도 아님에도 불구하고 적운강은 버티기 힘들었다.

그 정도로 벽력의 힘은 위력적이었다.

뇌운성이 적운강을 향해 버럭 소리를 질렀다.

"십 년! 무려 십 년이야! 네놈이 한 그 실수를 만회하기 위해 걸릴 시간이 무려 십 년이란 말이다!"

삼십 년을 참아왔다.

그렇게 오늘까지 왔거늘 또 거기다가 십 년 이상을 더 참으라는 말이 아니던가.

마음 같아서는 당장이라도 달려가 적운강의 머리를 발로 밟아 터뜨려 버리고 싶었다. 분노가 머리끝까지 치밀었지만 뇌운성은 꾹 참았다.

인회주를 잃은 지금 지회주까지 잃어서는 안 된다.

거기다가 지회주 적운강은 태양궁의 궁주.

그가 없다면 태양궁을 다시금 뇌운성의 뜻대로 휘두르는 데 얼마의 시간이 더 소요될 것이 분명하기 때문이다.

인회를 추슬러야 하는 지금 지회까지 신경 쓸 기력은 없다.

뇌운성이 이를 갈았다.

북해빙궁!

이름을 듣는 것만으로도 형용할 수 없는 분노가 솟아오른다. 삼십 년 전에도, 그리고 지금도 북해빙궁은 뇌운성의 앞길을 막아서는 걸림돌이 되고 있다.

반드시 부수고야 말리라.

뇌운성이 버럭 소리쳤다.

"일어나라, 적운강!"

그 한마디의 외침에 고통에 몸부림치던 적운강이 벌떡 일어났다.

아직도 고통으로 인해 표정이 잔뜩 일그러져 있기는 했지만 어떻게든 버티려는 기색이 역력하다.

두 다리는 후들거렸지만 그래도 억지로라도 땅에 꼿꼿이 서 있다.

뇌운성이 적운강을 강하게 쏘아보았다.

절로 사람을 움츠러들게 할 정도로 살기 어린 시선.

뇌운성의 눈빛은 흡사 지옥에서 올라온 야차와도 같았다. 그런 그가 천천히 입을 열었다.

"자신의 임무를 소홀히 한 네놈의 죄는 무척이나 크다. 마음 같아서는 당장에 죽음으로 그 죄를 묻고 싶지만, 기회를 주지."

"가, 감사합니다."

기회를 준다는 말에 적운강의 얼굴에 다소 화색이 돌았다.

자존심이 강한 적운강이다.

그런 그이지만 지금만큼은 자존심 같은 건 전혀 생각나지 않는다.

"북해빙궁을 무너뜨릴 방법을 짜와! 인회가 무너졌으니 중원에 손을 뻗는 건 더욱 시간을 두고 해야 할 것이다. 하지만 새외를 정리하는 것은 일정대로 한다. 우선은 북해빙궁을 흔들 생각이니 계책을 마련하도록!"

“명 받들겠습니다.”

지회주 적운강이 황급히 고개를 숙였다.

뇌운성은 가만히 서 있는 적운강을 향해 재차 소리쳤다.

“이렇게 있을 시간이 있나? 당장 움직여!”

“아, 알겠습니다.”

화들짝 놀란 적운강이 다급히 몸을 돌려 방을 빠져나갔다. 사라져 가는 적운강의 뒷모습을 보며 혀를 차던 뇌운성은 그가 사라지자 이내 천회주를 불렀다.

“천회주.”

“하명하시지요.”

여전히 천회주는 고개를 숙이고 있었다.

뇌운성은 아까에 비해 많이 부드러워진 목소리다. 적운강과는 다르게 천회주와 뇌운성은 오래전부터 함께였다.

벽력궁의 인물로 뇌운성을 데리고 도망치는데 가장 앞장 섰던 것이 바로 천회주였다. 그런 탓인지 천회주를 바라보는 뇌운성의 시선이 아까와는 사뭇 달랐다.

뇌운성이 말했다.

“설무린을 부탁한다.”

“…죽이라는 말씀입니까?”

“그래. 할 수 있겠지?”

“궁주님의 명이라면 불가능한 일도 해낼 수 있습니다.”

“그래. 너는 내가 믿는 유일한 사람이다. 너마저 나에게 실망을 안겨주지 마라.”

천회주가 자리에서 일어나며 고개를 끄덕였다.

그런 그를 보며 뇌운성이 물었다.

“직접 움직일 생각이냐?”

“그게 확실할 테니까요. 다른 놈들에게 맡기는 것보다 그게 나을 것 같습니다, 궁주님.”

설무린의 발걸음이 어디로 향하는지 알고 있다.

사천당문의 인물들과 함께 하고 있는 것과 방향으로 보아 하니 당문으로 가는 것 같다.

물론 당문으로 가는 게 아닐 수도 있지만 적어도 한 가지 확실한 것은 그들이 향하는 방향이 사천이라는 것이다.

서역과 사천은 그리 멀지 않다.

급히 서두른다면 빠른 시기 안에 모든 일을 끝낼 수 있을 게다.

뇌운성이 천회주의 어깨에 손을 얹었다.

“네가 직접 간다니 안심이 되는군. 알고 있겠지만 설무린은 반드시 죽여야 한다. 놈은 우리 일을 망치고 있을뿐더러 우리에 대해서도 뭔가 많이 알고 있는 눈치다.”

“실망시키지 않겠습니다. 그럼.”

말을 마친 천회주 또한 바깥으로 걸어나왔다. 바깥으로 걸어나온 천회주는 급히 자신의 거처로 향했다.

궁 한편에 있는 천회주의 거처는 제법 웅장했다.

입구를 지키고 서 있던 무사가 천회주를 향해 예를 취했다. 그런 그를 스쳐 지나가며 천회주가 입을 열었다.

"놈들을 모두 마당으로 모이라고 해. 지금 당장!"

그 한마디 말에 문을 지키던 무인의 표정이 확 하고 변했다.

문을 지나쳐 거처로 들어선 천회주는 자신의 방으로 들어갔다.

그리고는 벽에 걸려 있는 검은 상자를 조심스레 내렸다.

검은 상자를 조심스레 쓰다듬던 천회주가 손을 뻗어 뚜껑을 열었다.

묵직한 나무 뚜껑을 들어 올리자 그 안에서 익숙한 향이 풍겨져 나왔다.

커다란 장창(長槍) 한 자루.

그리 화려하지는 않지만 이것이 바로 천회주의 오래된 지기였다.

장창을 바라보던 천회주가 자신도 모르게 웃음을 흘렸다.

"후후! 오랜만에 세상 구경이나 해보자꾸나."

설무린을 죽이기 위해 벽력궁 최고의 힘을 지닌 천회가 움직이게 된 것이다.

第四章

사천당문(四川唐門)

사천당문(四川唐門)은 오랫동안 사천 지역에 자리하고 있었던 가문으로 독과 암기, 또 편법(鞭法)으로 유명한 가문이다. 특히나 그들의 독과 암기술은 천하에서 제일이라고 부를 정도로 다양하면서 위력적이다.

오대세가(五大世家)의 자리를 오랫동안 지켜온 그들은 무림에서도 위상이 높다.

많은 사람들이 사천당문을 우러러보지만 또한 두려워하기도 한다.

그것은 그들은 결코 원한을 잊지 않기 때문이다.

다른 여타의 문파 또한 그렇다고는 하지만 사천당문은 독과 암기로 알려진 곳.

그들은 독종(毒種)이라 불릴 정도로 세상 끝까지라도 복수를 위해 쫓아가는 자들이기 때문이다.

그랬기에 사람들은 사천당문과는 척을 지지 않으려 했다.

그들과 척을 지게 된다면 두 발 편히 뻗고 자는 것은 불가능하기 때문에.

그런 사천당문을 향해 철천지원수라 불러도 좋은 북해빙궁의 인물이 다가가고 있었다. 그것도 다름 아닌 북해빙궁의 소궁주가 말이다.

멀리서도 한눈에 알아볼 수 있을 정도로 사천당문의 위용은 빼어났다.

"와! 숙부, 당문이에요, 당문!"

오랜만에 보는 집이 반가웠는지 당서화는 발을 동동 구르며 즐거운 미소를 지어 보였다. 그도 그럴 것이 설무린과 북설을 만나며 생전 처음 험한 꼴을 당해본 그녀다.

그 후로는 한시라도 빨리 당문으로 돌아가고 싶은 마음뿐이었던 당서화였기에 무척이나 즐거운 모양이다.

반면 북설의 표정은 한층 무겁게 가라앉았다.

'저곳이 사천당문……'

어머니가 태어났고, 자랐던 장소가 바로 눈앞에 있다.

북설을 낳기가 무섭게 세상을 떠난 어머니. 기억조차 날 리 없는 어머니였지만 사천당문을 바라보는 북설의 마음 한편이 아련해져 왔다.

그런 북설의 마음을 알아차렸는지 당한림이 북설을 바라보며 말했다.

"어르신들이 널 반기실 게야."

"…예."

북설은 대답을 하면서 설무린의 표정을 살폈다.

여전히 알 수 없는 미소를 짓고 있는 설무린.

그렇지만 결코 마음이 편치 않을 거라는 걸 북설은 잘 알고 있다.

흡혈잠마지독의 해약도 구해야 하고, 또 북해빙궁의 소궁주의 신분 때문에 사천당문과의 충돌은 거의 불가피하다.

인회주와의 대결 이후 아무런 문제 없이 이곳 사천당문에 도착했다. 꽤나 오랜 시간이 지났기에 설무린의 몸 상태 또한 완벽에 가까울 정도로 회복됐다.

묘한 미소를 짓고 있는 설무린을 향해 당한림이 장난스럽게 말을 걸었다.

"걱정이라도 되는가?"

"걱정이요? 그럴 리가."

설무린이 손사래를 치며 대꾸했다. 솔직히 다소 신경이 쓰이긴 했지만 오히려 사천당문에 가까워질수록 마음을 편하게 먹은 설무린이다.

어떻게 될지 걱정한다고 해서 상황이 변하지는 않는다.

먼저 부딪쳐 보고 그 후부터는 될 대로 되라고 생각하는 바다.

싸우는 건 아무런 문제가 되지 않는다.

다만……. 해약. 그것이 문제다.

일행을 싣고 있는 마차가 사천당문의 정문에 이르렀고, 입구를 지키던 자들이 길을 막아섰다.

그들은 문 쪽으로 다가와 사무적인 어투로 말했다.

"신분과 목적을 말해야 들어가실 수 있소."

당문의 무인들의 말이 끝나기가 무섭게 당한림이 문을 열고 나오며 장난 섞인 목소리로 소리쳤다.

"이놈들아! 내 집에 내가 들어가는데 무슨 목적을 말하라는 게냐!"

당한림의 모습을 본 그들의 딱딱했던 표정이 부드럽게 변했다.

사천당문에서 당한림의 위치는 보통이 아니다. 그를 알아보지 못하는 이가 있을 턱이 없다.

무인이 반갑게 당한림을 맞이했다.

"이게 얼마 만이십니까? 전 나가셨다가 안 돌아오시기에 다른 곳에서 살림이라도 차리신 줄 알았습니다."

"떽! 내 집이 이곳이거늘 살림은 무슨. 어쨌든 먼 길을 다녀와서 제법 피곤하니 이만 들어가도록 하겠네. 시간 나면 술이나 한잔하자고."

"저희들이야 좋지요."

문을 지키던 무인들은 히쭉거리며 안으로 들어갈 수 있게 끔 문을 크게 열었다.

그리고는 문 안쪽을 향해 버럭 소리쳤다.

"독화각주(毒花閣主)님과 아가씨께서 돌아오셨다!"

그 소리는 워낙 컸기에 근방에 쩌렁쩌렁 울렸다.

아마도 상부에 보고하라는 의미로 안쪽을 향해 소리를 지른 모양이다.

여전히 마차에 앉아 있던 설무린이 당한림을 보며 물었다.

"독화각주? 당 대협을 부르는 칭호입니까?"

"하하! 그래도 명색이 가주님의 친혈육인지라 독화각이라는 곳을 맡고 있네. 물론 워낙 바깥으로 나도는 판에 그리 좋은 각주는 못 되지만 말이야."

독화각(毒花閣)은 당문 내에서 풀과 꽃에 관련된 독이나 해독제를 만들고, 또 그것에 대해 연구하는 곳이다.

대답을 끝낸 당한림이 설무린을 지그시 바라봤다.

무엇인가 할 말이 있는 눈치라는 걸 알아차린 설무린이 피식 웃으며 말했다.

"할 말이 있으신 모양인데……."

"자네는 눈치가 참 빠르이."

"빨리 물어보셔야 할 것 같습니다. 그리 시간이 있을 것 같지는 않으니까요."

"그러지."

당한림은 거두절미(去頭截尾)하고 본론으로 바로 나갔다.

"자네 어찌할 생각인가?"

"어찌하다니요?"

"알면서 이러긴가? 오늘 당문에 돌아온 것은 나만이 아니라 화아도 있네. 화아가 왔다는 말이 전해졌으니 바로 가주님이 달려나오실 게야. 그리고 가주님께서 설아를 본다면…….나와 마찬가지로 단번에 알아차리실 텐데."

당한림이 알아차렸던 것처럼 사천당문의 가주 또한 북설을 보며 당미진을 생각해 낼 게다.

잠시 머뭇거리던 당한림이 걱정스러운 표정으로 말했다.

"그리고 더 큰 문제는 형님은 그렇다고 쳐도 아버님이네."

당한림의 아버지라면 바로 전대 당문의 가주를 말하는 것이다. 그리고 그는 바로 당미진의 아버지이기도 했다.

직접적으로 북해빙궁과 마찰을 빚었던 인물.

그것이 바로 전대 가주인 당가위다.

당한림이 확신 어린 어투로 말했다.

"아버님이 자네를 보면 이야기도 듣지 않고 다짜고짜 죽이려들 걸세."

"참 화끈한 인사법이군요."

"농담이 아닐세. 아버님이라면 자네가 북해빙궁의 소궁주이든 뭐든 전혀 신경 쓰지 않으실 게야."

"하지만 피할 수도 없는 노릇이지요. 어차피 만나야 한다면… 피할 생각은 없습니다."

처음부터 환영받을 수 있을 거라 생각하지 않았다.

야율초재에게 이야기를 듣기 전까지는 전혀 몰랐던 일이지만 설무린은 북해빙궁의 소궁주다.

그들의 입장에서 본다면 전혀 상관 없는 인물이 아니라는 거다.

짧은 여정 동안 설무린과 함께하며 그에게 마음을 연 당한림은 걱정스러운지 길게 한숨을 내쉬었다. 형님이라면 어찌어찌 이야기를 해보겠지만 아버지인 당가위는 당한림의 말을 전혀 귀담아듣지 않을 게다.

예전부터 당가위의 고집은 고래 쇠심줄같이 질기다고 알려질 정로 지독했다.

더군다나 다른 것도 아닌 북해빙궁과 관련된 일이라면 당가위는 길길이 날뛸 게 불 보듯 뻔했다.

설무린에 대한 걱정을 하던 당한림이 기척을 느끼고는 창밖으로 고개를 내밀었다. 그의 눈에 익숙한 사람들의 모습이 들어왔다.

일련의 무리를 이끌고 누군가가 마차가 향하는 방향을 막아섰다.

"누굽니까?"

마찬가지로 기척을 알아차린 설무린이 묻자 당한림이 자

그마한 목소리로 말했다.

"가주님이네."

말을 하면서 당한림은 급히 주변을 두리번거렸다.

당가위가 혹여나 오지 않을까 걱정스러운 마음 때문이다. 무척 엄하다고 알려진 당가위이지만 당서화에게는 꼭 그렇지만은 않았다.

당서화가 왔다는 말을 듣는다면 무작정 달려올 당가위다.

아직 어디에도 모습은 보이지 않지만 워낙 신출귀몰(神出鬼沒)한 인물인지라 언제 어디서 나타날지 장담할 수 없는 노릇이다.

사천당문의 가주가 지척까지 왔다는 말에 당서화가 급히 마차의 문을 열고 뛰어내렸다.

그녀는 화색이 가득한 얼굴로 급히 당문 문주를 향해 달려갔다.

"아버지!"

"오, 잘 지냈더냐, 내 딸!"

문주는 양팔을 벌리고 달려오는 당서화를 맞이했다.

숙녀가 되기에는 아직 조금 어린 나이.

그런 그녀를 번쩍 안아 든 당문의 문주는 강인해 보이는 인상의 사내였다.

턱이 날카롭고, 두 눈동자는 맑다.

덩치는 제법 큰 편이지만 그렇다고 비대하다는 느낌을 주지는 않는다.

사내와도 같은 느낌…….

독인보다는 건장한 무인 같아 보인다는 생각이 물씬 풍긴다. 그리고 바로 이 사내가 지금 사천당문을 이끌고 있는 만독수(萬毒手) 당패(唐覇)다.

만 가지 독을 마치 수족(手足)처럼 사용한다 해서 만독수라 불리는 인물로 평소 온화하지만 적을 상대할 때는 결코 한 치의 자비도 베풀지 않기로 유명하다.

암기보다는 독에 능한 인물.

가볍게 딸과의 인사를 마친 당패가 고개를 들었다.

마차에서 다른 사람이 천천히 내렸다.

마차에서 모습을 드러낸 당한림을 보며 당패가 내심 질렸다는 듯이 혀를 내둘렀다.

"지독한 녀석, 연락 한 번 없더구나."

"그게 하루 이틀 일도 아니고……."

한 번 독초와 약재를 구하겠다고 나가면 함흥차사(咸興差使)인 당한림의 습성을 누구보다 잘 아는 당패다.

다른 사람이 봤을 때 당한림이 자신의 직무에 소홀하다고 생각할 수도 있으나 당패는 전혀 그렇게 생각하지 않았다. 당한림이 하는 행동 하나하나가 사실은 당문을 위해서임을 잘 알기 때문이다.

그랬기에 여태까지 단 한 번도 당한림이 어딘가를 다녀온다 했을 때 말리지 않았다.

당한림은 슬쩍 당패의 눈치를 보다가 입을 열었다.

"소개시켜 줄 사람이 있소, 형님."

공석에서는 꼬박꼬박 가주라는 칭호를 썼지만 이토록 사석에서는 그렇지 않았다.

소개시켜 주려는 사람이라는 말에 당패가 고개를 갸웃하면서 물었다.

"소개시켜 줄 사람이라니? 이번에 나갔다가 귀한 분들이라도 만난 게냐?"

"형님도 보시면 알 겁니다. 나오게."

당한림이 말을 건네자 기다렸다는 듯이 설무린과 북설이 마차에서 내렸다.

생면부지의 젊은 두 남녀를 보며 당패는 아무런 말도 하지 않았다.

무척이나 외모가 출중한 남녀다. 사내도 여인도 마치 옥이라도 깎아서 만든 것이 아닐까 하는 착각이 들게 할 정도로 빛이 났다.

하지만 전혀 이런 자들에 대해 들어본 것이 없다.

당한림이 이토록 데리고 온 것을 보아하니 뭔가 중요한 손님인 것은 분명한데 정체조차 알지 못하는 자들이니…….

당패가 조심스레 당한림에게 물었다.

"이 젊은 분들은 누……."

말을 하던 당패의 입이 일순 닫혔다.

그의 시선이 북설에게서 멈추어서는 떨어질 줄을 몰랐다. 아름답다고 생각하면서 시선을 돌리기가 무섭게 무엇인가 이상하다는 것을 느꼈다.

아름답지만 왠지 익숙하다.

그리고 동시에 한 여인의 모습이 머릿속에 떠올랐던 것이다.

닮았다.

아니, 닮았다고 말하는 것만으로는 뭔가가 부족하다. 외모뿐만이 아니다. 몸에서 풍기는 모든 것이 오래전 사라진 당미진과 판박이다.

당패의 눈동자가 흔들렸다.

그로서는 머리가 너무 혼란스러워 지금 이 일이 어찌 된 것인지 쉽사리 답을 내릴 수가 없었다.

"이, 이게 무슨……."

놀란 당패가 아무런 말도 찾지 못하고 버벅거릴 때.

"으하핫! 누구 장례라도 치르더냐! 무슨 놈의 분위기가 이토록 침울한 것이냐!"

커다란 웃음소리가 쩌렁쩌렁 퍼졌다.

그 웃음소리를 듣는 순간 당한림의 표정이 절로 딱딱하게 변해 버렸다.

예상은 하고 있었지만 그것이 현실이 되는 순간 머리가 확

하니 복잡해졌다.

뒤편에서 어느 샌가 모습을 드러낸 노인.

하지만 아직까지도 신체 건장한 그 노인이 바로 전대 가주이자, 현 사천당문의 최고고수인 독왕 당가위였다.

모습을 드러낸 당가위를 본 당서화가 환하게 웃으며 그의 품으로 달려들었다.

"할아버지!"

"오냐, 오냐. 저 멍청한 놈을 따라간다고 해서 걱정했거늘 몸 성히 돌아온 것을 보니 안심이 되는구나."

당가위는 당서화의 머리를 쓰다듬으며 말했다.

멍청한 놈은 당한림을 가리키는 말이리라.

당한림은 질렸다는 듯이 한숨을 쉬었다. 나이가 이제 사십을 훌쩍 넘겼는데도 아직까지 자신을 멍청한 놈이라 부른다.

품 안에 안긴 당서화를 토닥여 주던 당가위가 고개를 들며 다시금 말했다.

"그런데 정말로 무슨 장례라도 치르더냐? 무슨 분위기가 이리 칙칙해?"

잠시 북설의 등장에 넋을 잃고 있던 당패는 당가위를 보고서야 정신을 차렸다.

당패 또한 순간 어떤 말을 해야 할지 모르겠는지 말을 끌었다.

"아버님, 그것이……."

"뭐냐?"

"그게……."

"아, 이 답답한 놈을 봤나! 뭘 그리 말을 못하고 어물거리고 있느냐?"

버럭 소리를 지르며 당가위가 당한림을 향해 고개를 돌렸을 때였다. 그제야 당가위는 당한림의 뒤쪽에 서 있는 두 남녀를 발견했다.

그리고 아무렇지 않게 당한림에게 이야기를 이어가려고 했다. 한데,

"……!"

커다란 목소리로 주변을 시끄럽게 하던 당가위의 입이 닫혔다.

당가위의 표정은 말로 표현하기 힘들 정도로 복잡했다.

놀라 크게 떠진 눈은 북설에게서 떨어질 줄을 몰랐고, 온몸은 경련을 일으켰다.

그 어떠한 상황에서도 동요하지 않을 정도로 침착하다고 알려진 독왕 당가위. 그런 그가 한 여인을 앞에 두고 할 말조차 잊은 채 부들부들 떨고 있다.

그 누구도 섣불리 먼저 입을 열지 못했다.

그때 당가위가 벌벌 떨며 검지를 들어 올려 북설을 가리켰다.

"이, 이 아이는 누구냐?"

"그것이……."

"누구냐고 물었다!"

사정을 모르는 것은 당패 또한 마찬가지였다.

가만히 서 있던 당한림이 자신이 나서야 할 때라 생각하고 입을 열어 진실을 밝혔다.

"누님의 딸입니다."

"뭐가 어쩌고 어째? 그러니까 저 아이가… 미진이의 딸이라고?"

"그렇습니다, 아버님."

"미친놈! 어디서 닮은 아이 하나를 데리고 와서는 미진이의 딸이라니. 헛소리 지껄이지 말거라, 이놈!"

당가위는 도저히 믿을 수 없다는 듯 도리어 성을 냈다. 그렇지만 당패도, 당한림도 알고 있다.

만약 정말로 그리 생각했다면 당가위가 저리 흥분했을 리 없다.

비슷한 사람은 있을 수 있지만 분위기까지 빼다 박았다.

그리고 핏줄끼리는 원래 서로를 당기는 무엇인가가 있다 하지 않았던가.

당가위 또한 알고 있었다.

북설에게서 그는 왠지 모를 아련한 느낌을 받고 있었다.

당한림이 당가위의 호통에도 전혀 위축되지 않고 말을 받았다.

"북해빙궁에서 왔답니다. 아버지는 그 당시 그자고…….
누님의 딸이 맞습니다, 아버님."

"허, 허허!"

당가위는 웃음을 터뜨렸다.

공허한 웃음소리.

당가위의 시선이 북설에게서 떨어질 줄을 몰랐다. 하얀 피
부에 흑단 같은 머릿결, 그리고 살짝 웃기만 한다면 당미진이
라고 착각할 수 있을 정도로 빼다 박은 얼굴.

마치 당미진이 어릴 때 그 모습으로 눈앞에 선 듯하다.

북설을 바라보던 당가위의 두 눈에서 눈물이 주르륵 흘러
내렸다.

그 모습에 다른 사천당문의 인물들은 모두 놀라 아무런 말
도 하지 못했다.

당가위.

그가 눈물을 흘렸다는 것이 믿어지지 않았던 것이다.

당미진이 죽었다는 말에도 전혀 내색하지 않고 도리어 성
을 냈던 그다. 그런 아이는 모른다며 다시는 그 이름을 꺼내
지도 말라며 말이다.

이제야 알았다.

겉으로 그리 호통을 쳤지만 당가위는 홀로 수많은 눈물을
뿌렸던 것이다.

화를 내는 모습으로 감추었을 뿐이지 그 슬픈 마음은 당문의 다른 누구보다도 깊고, 진했다.

당가위의 앞에 서 있던 북설 또한 당황했다.

생전 처음 보는 노인.

하지만 묘하게 끌리는 것이 정말 이 사람이 자신의 외조부(外祖父)구나 생각했다. 그토록 강인해 보이던 그가 갑작스럽게 자신을 바라보며 눈물을 쏟아내니 북설으로서는 당황하지 않을 수가 없었다.

잠시 흐르는 눈물을 주체할 수 없었던 당가위가 웃음을 터뜨렸다.

"하하! 내가 추태를 부렸구나."

외침과 함께 눈물을 거짓말처럼 거둔 당가위는 북설을 향해 한 걸음 다가섰다.

그리고는 손을 북설을 향해 뻗었다.

"가까이서 보고 싶구나."

북설은 설무린을 바라봤다. 그러자 설무린은 조용히 고개를 끄덕였다.

대답을 듣고서야 북설은 당가위를 향해 다가갔다.

지척까지 북설이 이르자 당가위가 손을 뻗어 그녀의 얼굴을 감쌌다.

따뜻한 온기.

'살아 있구나. 미진이 네가 낳은 아이가 널 대신해 살아

있어.'

사내 하나 때문에 가문도, 가족도 버리고 떠났던 당미진이 었다.

원망을 했다.

다시는 그런 이름 듣고 싶지 않다며 애써 지우려고 노력한 적도 많았다.

하지만 다 부질없었다.

그래도 행복하기를 바랐거늘 죽었다는 말을 들었을 때 당 가위는 너무나 슬펐다.

마음 같아서는 당장 당문의 모든 힘을 이끌고 북해빙궁을 치고 싶었다.

하지만 그것은 가능하지 않았다.

당문의 힘이 북해빙궁에 비해 터무니없을 정도로 작았고, 다른 이들 앞에서는 당미진은 기억도 나지 않는다며 호통도 치지 않았던가.

후회없이 살아온 당가위의 인생에 유일한 하나의 한.

그것이 바로 당미진이었다.

그녀를 그리 보낸 것이 당가위는 평생 가슴에 커다란 돌덩 이가 되어 남아 있었다.

복받쳐 오르는 감정을 참지 못한 당가위는 그대로 북설을 덥석 안아버렸다. 놀란 북설을 강하게 안은 채로 당가위가 확 인이라도 하고 싶다는 듯이 말했다.

“할아버지란다. 내가 바로 네 외조부란다! 내… 아름다운 손녀야!”

말을 끝내기가 무섭게 당가위는 북설을 안은 채로 다시금 펑펑 울기 시작했다.

주변은 온통 침묵으로 가득했다.

숙연한 분위기가 사천당문을 감돈다.

몇몇 사천당문의 사람들은 코끝이 찡해졌는지 애써 감정을 참고 있었다.

그리고 사천당문의 가주인 당패 또한 그러했다.

누이의 딸.

그에게는 조카가 하나 생긴 것이다.

잠시 동안 북설을 놓지 못했던 당가위가 슬며시 떨어지며 그녀를 향해 미소를 지었다.

북설을 사랑스럽게 바라보던 당가위가 입을 열었다.

“이토록 예쁜 아이가 옷이 왜 이리 칙칙하누? 이 할아버지가 좋은 옷으로 몇십 벌이라도 맞춰주마.”

“아, 아뇨. 전 이 옷이 편하니 걱정 안 하셔도 돼요.”

“허어! 목소리 또한 아름답기 그지없구나. 사양할 것 없단다. 이 할아버지가 몇십 년 만에 만난 손녀딸에게 옷 몇 벌 못 해줄 성싶더냐? 부담 갖지 말고 가자꾸나.”

막무가내로 행동하던 당가위는 퍼뜩 생각난 듯이 자신의 두 손바닥을 마주치며 말했다.

"이크, 중요한 것을 잊고 있었구나. 손녀의 이름도 모르는 할아버지가 어디 있단 말이냐. 너무 기뻐서 가장 먼저 해야 할 것을 잊었구나. 이름이 무엇이더냐?"

"북설이라고 합니다."

"큭, 우스운 이름이군. 앞으로 네 이름도 고심해서 좋은 것으로 새로 지어줄 터이니 그런 이름은 잊도록 해라."

북설이라는 이름을 듣는 순간 북해가 생각났는지 당가위는 불쾌한 표정을 지어 보였다. 그로서는 자신의 딸을 데리고 도망쳤던 그 남자가 결코 사위로 보이지 않았다.

그리고 그 추운 북해에서 외로운 죽음을 맞게까지 하지 않았던가.

당가위는 북설의 이름을 바꿀 것이다.

사천당문의 당(唐) 씨 성을 내줄 것이고, 이곳에 새로운 거처도 마련해 줄 것이다.

잃었던 딸에게 못해준 많은 것을 손녀에게 모두 해줄 생각이다.

막 북설을 데리고 가려던 당가위는 여태까지 말없이 서 있던 설무린을 기억해 내고는 갑자기 멈추어 섰다. 그리고 고개를 돌려 설무린을 바라봤다.

방금 전 북설이 당가위 자신에게 다가오기 전 잠시 저 사내에게 시선을 보내 의중을 묻는 듯했다.

손녀에게 중요한 사람 같은데 정신이 없어 누구인지 묻지도 않았다.

당가위가 설무린을 향해 말을 걸었다.

"그런데 자네는 누군가?"

"언제 물으시나 기다리고 있었습니다."

"허허! 미안하네. 내가 생각지도 못했던 손녀를 찾게 되니 아무런 것도 보이지 않아서 그리했다네."

당가위는 북설을 만나게 된 탓인지 부드러운 표정이었다. 평소 이처럼 온화한 성품이 아니지만 지금만큼은 세상 그 누구보다도 인자한 표정을 짓고 있었다.

설무린이 가볍게 포권을 취한 후 입을 열었다.

"북해빙궁 소궁주 설무린이라고 합니다."

"헙!"

설무린의 말이 떨어지기가 무섭게 사천당문의 문주는 헛바람을 들이켰다. 그리고 동시에 인자하게 웃고 있던 당가위의 표정이 그대로 천천히 식어갔다.

당가위는 한 손으로 자신의 귀를 후벼 파는 시늉을 하고는 물었다.

"뭐라고 했나? 누구라고?"

"설무린입니다."

더는 아무런 말도 필요치 않았다.

가만히 서 있던 당가위의 모습이 갑작스럽게 시야에서 사라졌다. 그리고는 옆쪽으로 번개처럼 움직인 당가위가 설무린의 어깨를 향해 일장을 휘둘렀다.

전혀 예고도 없는 상황이었지만 설무린은 손바닥으로 당가위의 손의 방향을 바꿨다.

퍼억!

쏘아진 장력(掌力)이 그대로 뒤쪽에 있던 바위를 박살 냈다.

그 한 번의 행동에 이곳에 있던 당문의 사람들은 모두 놀라 두 눈을 크게 떴다.

한마디의 대화도 나누지 않고 무작정 손을 휘두른 당가위 때문이다. 하지만 당가위로서는 굳이 설무린과 대화를 하고 싶은 생각은 눈곱만큼도 없었다.

때려 죽여도 좋을 북해빙궁의 핏줄이었기 때문이다.

설무린이 자신의 공격을 받아내자 당가위는 이를 갈면서 살기 어린 목소리로 말했다.

"어디 더러운 북해의 종자가 이곳 사천당문에 발을 들여놓는단 말이냐!"

당장이라도 찢어 죽일 것 같이 노한 당가위가 다시금 움직였다. 그의 두 손에서 암기가 폭발하듯이 터져 나와 설무린을 덮쳤다.

그때 누군가가 설무린의 앞을 막아섰다.

"이런!"

당가위는 놀라 급히 암기의 방향을 바꾸려 했지만 너무 늦은 후였다.

설무린의 앞을 막아선 것은 검을 든 북설이었다.

모두가 깜짝 놀란 상황이었다.

모르는 사람이 볼 때는 북설의 연약한 몸으로 사천당문 최고의 고수인 독왕 당가위의 암기를 받아낼 것 같지가 않았기 때문이다.

그나마 다행인 점은 암기에 독이 묻지 않았다는 것.

하지만 모두의 걱정은 단숨에 무위로 돌아갔다. 북설의 검은 재빠르게 모든 암기들을 받아냈다.

차라라랑!

아름다운 쇳소리가 북설의 검에서 흘러나왔다. 모든 암기를 단지 검만으로 걷어내며 그대로 땅으로 모두 떨어뜨려 버린 것이다.

너무나 아름다운 검.

모두가 넋을 잃었다.

북설이 설무린의 앞을 막아선 채로 검을 내려뜨렸다.

뒤늦게 정신을 차린 당가위가 급히 소리쳤다.

"다치면 어쩌려고 그랬느냐!"

전력을 다하지는 않았지만 북설이 아무런 상처 없이 막아낸 것이 못내 놀랍다.

하지만 만약 지금 당가위가 비도나 침이 아닌 사천당문이 자랑하는 비전의 암기들을 사용했다면 이토록 멀쩡하게 받아내지는 못했을 것이다.

애초부터 당가위는 거칠게 설무린을 공격하기는 했지만 죽일 생각은 없었다.

당가위는 분노로 인해 큰 것을 보지 못하는 어리석은 자가 아니다.

마음 같아서는 당장 설무린을 죽이고도 싶었지만 그러한 일을 벌이면 추후에 어떠한 일이 일어날지 누구보다 잘 알고 있다.

당가위는 지금 사천당문의 가주가 아니다.

자신의 행동 때문에 모든 짐을 짊어져야 할 것은 지금의 사천당문의 가주 당패다.

북해빙궁과 전면전이 벌어진다면 사천당문으로서는 버텨낼 수 없다.

다른 가문을 끌어들이면서 싸운다 해도 어마어마한 피를 흘려야 할 것이고, 승패를 장담할 수도 없다. 북해빙궁과 척을 지고 싶어하는 곳은 전 중원을 뒤져도 없을 테니 도움을 받을 수 있을지도 의문이다.

그렇지만 그냥 이렇게 놔두는 것은 당가위에게 맞지 않았다.

이왕 이렇게 된 거 크게 혼쭐이나 내주자 하고 달려들었던 것이다.

그리고 그걸 북설이 막아선 것이고.

가만히 설무린 앞에 서 있던 북설이 말했다.

"설령 제 혈육이라 할지라도 소궁주님에게는 손을 대게 할 수 없습니다. 만약 할아버님께서 그래도 소궁주님을 공격하신다면 전 싸울 수밖에 없습니다."

북설의 말투가 변했다.

그리고 설무린을 위해 자신과 싸운다는 말에 내심 충격을 받았는지 당가위의 표정이 굳었다.

잠시 틈이 생기자 당한림이 기회는 지금밖에 없다고 생각했는지 급히 사이에 끼어들었다.

당한림이 길을 막아서자 당가위가 표정을 구기며 차갑게 말했다.

"비켜라."

"아버님! 또 같은 실수를 반복할 생각이십니까?"

"실수?"

"누님이 그리 도망치셔야 했던 것은 아버님 탓도 있습니다."

"닥치지 못할까!"

당가위는 노해 소리쳤다.

마음의 앙금으로 남은 부분을 당한림이 다시금 건드리자 당가위의 몸에서 녹색 기운이 꿈틀거렸다.

독공.

화가 나면서 절로 몸 안에 있는 독기(毒氣)가 주변으로 퍼져 나가는 것이다.

동시에 당가위의 눈동자도 핏빛으로 변했다. 당장이라도 피가 튈 것 같은 살기등등한 상황.

당패가 중제를 하기 위해 급히 나섰다.

"아버님께 말이 심하다, 한림!"

"사실이잖습니까! 뭐 좋다 이겁니다. 물론 북해빙궁의 이름 없는 무사와 혼인한다는 것을 아버님께서 받아들이기는 어려웠겠지요. 그건 저도 마찬가지니까요. 하지만… 그 후에 누님께서 그토록 용서를 빌었습니다. 서찰을 보내왔고, 직접 만드신 물건들도 계속해서 보내왔습니다."

눈물이 담긴 서찰이 무려 수백 통이었다.

쉬지 않고 날아드는 그 용서를 비는 서찰에도 당가위는 다시는 당미진을 만나려 하지 않았다.

말을 하던 중 감정이 복받쳤는지 당한림은 가슴에 담아두었던 이야기를 꺼냈다.

"기억나십니까? 누이가 당문을 떠난 지 횟수로 삼 년째 되던 겨울, 만나고 싶다고 서신을 보내왔던 것 말입니다."

잊을 리가 없지 않은가.

그날의 일을 당가위는 똑똑히 기억한다.

당미진이 보낸 약속 장소와 시간이 적힌 서찰을 모두가 보는 앞에서 벅벅 찢어버리고는 그 누구도 이곳으로 가지 말라고 엄포를 놓았었다.

그때도 당한림은 당가위와 다퉜었다.

하지만 다른 당문 문도들의 감시 속에 당한림은 결국 그 약속 장소에 가지 못했다.

가지는 못했지만 그곳에서 벌어진 일은 당한림은 알고 있다. 그곳에 미리 심어둔 다른 사람을 통해 한참 후에 소식을 들은 탓이다.

"한 달! 무려 한 달을 기다렸답니다. 약속한 날짜가 지나고 한 달이나 지났는데도 불구하고 연락조차 없는 저희를 기다렸답니다. 그 추운 겨울에 말입니다!"

"……."

당가위는 입술을 지그시 깨물었다.

분하게도 자신을 향해 버럭버럭 대드는 당한림에게 한마디 반박조차 하지 못하고 있다.

입이 열리지 않는다.

전혀 알지 못했던 일을 당한림에게서 지금 들었다.

'그랬던가?'

그리 건강하지 않은 아이였다. 더위와 추위를 잘 타고, 수줍은 미소가 아름다웠던 아이.

그리고… 아비보다 먼저 세상을 뜬 못된 딸.

당한림은 말을 하면서 흥분한 탓에 숨을 고르다가 말을 이었다.

"누님에 이어 그 핏줄까지 잃고 싶다면 아버님 마음대로 하십시오. 하지만 이제는 저 또한 그냥 앉아서 지켜보지만은 않을 것입니다. 누님의 핏줄은 제가 지키겠습니다.”

정 안 된다면 당가위와도 대판 붙겠다는 소리다.

물론 상대가 될 턱이 없다. 당한림은 사천당문에서 손가락 안에 드는 고수임은 분명하지만 당가위는 그런 그보다 두어 단계는 위다.

싸운다면 승패는 뻔하다는 걸 당한림 또한 모를 리가 없다.

그럼에도 불구하고 맞서겠다는 거다.

설령 싸웠다가 대판 깨진다고 할지언정 예전처럼 아무것도 못한 후에 후회하고 싶지는 않다.

가만히 서 있던 당가위가 당한림을 바라보며 말했다.

“건방진 놈. 아비에게 못하는 말이 없구나. 한번 크게 혼쭐이 나야 정신을 차리겠어.”

말은 그리하지만 당가위의 말투는 많이 누그러진 상태였다. 그 또한 당미진을 잃은 후 많은 후회를 하지 않았던가. 당가위가 휙 하니 몸을 돌리며 크게 소리쳤다.

“이야기는 내일 하도록 하지! 이곳까지 오느라 피곤했을 테니 오늘은 푹 쉬어라. 그리고 내 손녀와 저 북해에서 온 놈에게도 방을 내주고. 저 북해 놈에게는 마구간을 내줘도 상관없지만 내 손녀는 신경 쓰거라!”

말을 끝내기가 무섭게 사라지는 당가위의 뒷모습을 보던 당한림이 안도의 한숨을 내쉬었다.

장난스러운 표정으로 당한림이 당패를 바라보며 말했다.

"하하! 혹시나 싸우자고 하실까 봐 기겁했소, 형님!"

"겁없는 놈 같으니라고……."

당패가 피식 웃었다.

말은 그리하지만 당한림이었다면 분명 목숨 걸고서라도 싸웠을 거라는 걸 안다.

자신조차 단 한 번도 거역하지 못한 아버지이거늘 당한림은 스스로의 생각을 굽히지 않았다.

그러한 부분이 아버지의 마음을 건드렸으리라.

당패는 서둘러 상황을 수습하기 시작했다.

"아버지가 하신 말대로 둘에게 좋은 방을 내주고 편히 쉴 수 있게 하거라."

"알겠습니다, 형님."

"그리고……."

당패의 시선이 향한 곳에 북설이 있었다.

상황이 하도 급박하게 돌아가다 보니 단 한마디의 대화조차 하지 못했다.

새로 생긴 혈육을 향해 당패가 따뜻한 시선을 보냈다.

"시간을 내서 천천히 한번 이야기해 보도록 하자꾸나."

"예."

"그럼 난 이만. 가자!"

당패는 당서화와 함께 자신을 따라온 수하들을 이끌고 왔던 길을 돌아가기 시작했다. 그리고 이곳에 남은 것은 설무린과 북설, 당한림 이렇게 셋뿐이었다.

설무린이 먼저 당한림에게 감사의 뜻을 표했다.

"당 대협 덕분에 생각보다 쉽게 일이 풀린 것 같습니다."

"아닐세. 자네를 위해 한 것보다는 당문을 위해 한 말이었네. 뭐 겸사겸사 잘되긴 했지만 말이야. 자네가 사천당문에 찾아온 이유가 있다고 했었지?"

"해독약을 부탁하려 한다 했었죠."

"어찌 될지는 모르겠지만……. 아버님께서 이리 나오신 걸 보니 문제없을 게야. 해독약을 만들어줄 걸세."

설무린이 낮게 웃었다.

당문에서의 일은 당한림의 도움 덕분에 쉽사리 풀렸다. 하지만, 그렇다고 해서 모든 것이 해결된 것이 아니다.

"후후! 사천당문에서 그 해약을 만들 수 있다면 그렇겠지요."

"허어, 대체 무슨 독이기에 그 같은 말을 하는가?"

"글쎄요."

설무린이 애매하게 말을 끊었다.

흡혈잠마지독의 이름은 함부로 공개하고 다닐 것이 아니다. 혹여 설무린이 흡혈잠마지독의 해약을 구하러 다닌다는 게 알려진다면 지금 북해빙궁에 있는 궁주가 가짜라는 것이 탄로날 것이다.

비밀이라는 것은 아는 사람이 적으면 적을수록 좋다.

수상한 미소를 지어 보이는 설무린을 향해 당한림이 혀를 내두르며 말했다.

"정말 알 수 없는 사람이야, 자네는."

"칭찬으로 듣죠."

설무린이 다시금 웃었다.

第五章

가능(可能)

사천당문에서의 대접은 융숭했다.

식사부터 해서 의복까지 모두 챙겨주었고, 씻는 것과 잠자리 모든 것이 완벽했다.

혹여나 당가위의 말대로 마구간에서 잠을 청하게 되는 것이 아닐까 반쯤 장난스럽게 했던 걱정이 우스울 정도로 말이다.

사천당문으로 급하게 오느라 부상을 입은 이후 편안한 잠자리에 들어본 적이 없었다. 그러던 차에 이처럼 편안한 침상에서 잠을 청하니 그간의 여정으로 쌓여왔던 피곤이 싹 밀려나는 것만 같았다.

사천당문에 오게 되면 한바탕 피바람이 불 것까지 각오했
거늘 그에 비한다면 너무나 수월하게 일이 풀렸다.

모든 것이 북설과 당한림 덕분이리라.

오후가 지나 저녁이 가까워 오는데도 아무런 연락이 없자
슬슬 지루해진 설무린이 바깥으로 걸어나갔다.

바깥에 선 설무린은 조심히 눈을 감았다.

그렇게 가만히 서 있던 설무린이 깊이 숨을 내쉬고는 갑작
스럽게 몸을 움직이기 시작했다.

설무린의 몸이 사방으로 잔상을 남기며 움직였다.

분주하게 움직이는 발 때문에 사방으로 흙먼지가 일기 시
작했다. 동시에 설무린의 손은 묘한 곡선을 그리며 사방으로
흔들렸다.

파앙! 팡!

설무린의 손이 멈추는 순간마다 허공에서 무엇인가가 터
져 나가는 소리가 울렸다.

그렇게 일각가량을 자유분방하게 움직이던 설무린이 발을
멈추었다. 설무린은 자신의 주먹을 몇 번 쥐었다 폈다 하며
몸 상태를 확인했다.

몸 상태는 완벽에 가까웠다.

잠시 자신의 몸 상태를 점검한 설무린이 뒤도 돌아보지 않
고 입을 열었다.

"북설."

“예.”

말과 함께 모습이 보이지 않던 북설이 설무린의 뒤에 나타 났다.

기척을 느꼈던 것도 아니다.

설무린은 자신의 뒤에 당연스럽게 북설이 있을 거라는 걸 알았다.

“어떠냐, 네 혈육을 만나보니?”

“…싫지는 않습니다.”

예상치 못한 물음이었던 탓인지 내심 당황해하며 북설이 대꾸했다. 그리고 그녀의 대답을 들은 설무린은 고개를 끄덕이며 입을 열었다.

“싫을 리가 있나. 비록 고집불통 같아 보이긴 하지 만…….”

당가위를 생각하며 설무린이 빙긋 웃었다.

다소 괴팍하고 다혈질적인 인물이다. 나이가 벌써 팔십은 훌쩍 넘겼을 터인데도 불구하고 아직까지도 이처럼 정정한 게 백 세는 너끈히 살 것만 같다.

그리고 한눈에 봐도 당가위의 북설에 대한 마음은 알 수 있을 정도였다.

“설아.”

“예, 소궁주님.”

나지막이 자신을 부르는 목소리에 북설이 조심스레 대꾸

했다.

“남고 싶지 않으냐?”

“이곳에 말입니까?”

“그래. 이곳에는 네 혈육이 있으니까. 물론 북해에도 네 아버지가 계시긴 하지만. 원한다면 그도 이곳으로…….”

“무슨 소리십니까. 잊으신 듯하군요. 전 그림자입니다. 소궁주님의 그림자. 그림자가 어찌 떨어져 있을 수 있겠습니까. 전 그림자로서 평생을 소궁주님의 옆에서 함께할 것입니다.”

북설의 단호한 대답에 설무린은 다시 한 번 미소를 머금었다.

기분이 좋다.

북설이 내뱉는 이 말은 결코 허언이 아니다. 그녀는 정말로 평생을 설무린의 옆에서 함께할 것이다.

그때 막 그들이 있는 거처로 누군가가 모습을 드러냈다.

그자는 다름 아닌 당한림이었다.

장원에 들어섰던 당한림은 바깥에 있는 둘을 보며 살짝 놀라고는 이내 미소를 지으며 다가왔다.

“바깥에서들 무엇 하는가?”

“방 안에만 있으면 좀이 쑤시는지라……. 그나저나 당 대협께서는 어쩐 일로 찾아오셨습니까?”

“허허, 아버님의 심부름 때문에 왔네. 설이가 보고 싶기는 한데 어제 그러신 탓인지 부끄러우신 모양이야. 직접 오고 싶

으실 텐데도 날 보내시더군. 지금 식사나 같이하자고 말이
야."

"저도 말입니까?"

설무린이 묻자 당한림이 어색하게 웃으며 말했다.

"그리 내키지는 않으시는 눈치였지만 오라고는 하시더군.
혹 자네가 갈 생각이 없다면 나에게 말하게. 내가 알아서 해
주지."

"아뇨. 이야기할 것도 있었는데 마침 잘됐습니다."

당가위를 만나 흡혈잠마지독에 대해 물어야 했기에 때를
기다리고 있었다.

그가 만나주지 않는다면 어떻게든 만나려고 했던 차에 이
같은 자리가 절로 생겨나니 어찌 반갑지 않겠는가. 설무린은
잠시 몸을 움직이느라 흐트러진 옷매무새를 바로하며 당한림
에게 물었다.

"그래서 언제 가면 됩니까?"

"지금 나와 가면 된다네."

설무린과 북설이 도착한 곳은 조용하면서도 운치있는 장
소였다.

그리 높지 않은 담에 둘러싸인 이곳은 형형색색(形形色色)
의 물고기들이 헤엄치는 연못도 있었다.

극왕전(極王殿)이라 불리는 이 장소가 바로 전대 당문의 문

주 당가위의 거처였다.

당가위의 성격이 워낙 괴팍하기도 했고, 신분도 신분인지라 이곳 극왕전은 함부로 드나들 수 있는 곳이 아니다. 특별한 이유 없이는 함부로 출입하는 것이 불가한 곳.

그것이 바로 이곳 극왕전이다.

극왕전에 들어서자 당한림이 뒤에 있는 두 사람을 돌아보며 말했다.

"다 왔네. 이 안에서 기다리고 계시니 어서 가지."

말을 마친 당한림이 앞장서서 걸었고, 그 뒤를 설무린과 북설이 나란히 걸었다. 뒤에서 따라 걷던 설무린이 살짝 눈을 찡그리며 물었다.

"무슨 냄새가 나는데……."

"아버님께서는 독인(毒人)이니 항시 독을 끼고 사시지. 아마 또 무엇인가 독에 대해 연구라도 하시는 듯하네."

사천당문.

독으로 천하제일이라고 알려진 가문답게 어디를 가도 수상한 냄새가 끊이지 않았다. 그랬기에 설무린은 더더욱 기대를 가졌다.

운이 좋다면 흡혈잠마지독의 해약을 구할 수도 있기에.

그때 앞장서서 걷던 당한림이 멈추어 섰다. 그리고는 문 안쪽을 향해 입을 열었다.

"아버님, 들어가겠습니다."

"어흠!"

헛기침 소리를 확인하고서야 당한림이 문을 열고 안으로 들어섰다. 안에는 어제 보았던 고집있어 보이는 노인인 당가위가 있었다.

당가위는 북설을 보며 환한 표정을 짓다가 이내 설무린을 발견하고는 퉁명스레 말했다.

"쯧! 네놈은 안 왔으면 했는데 결국 왔군."

"이거 죄송하게 됐군요."

"능글맞은 놈!"

태연하게 대꾸하며 자리에 앉는 설무린을 보며 당가위가 표정을 구기며 소리쳤다. 하지만 어제처럼 싸울 생각은 없었는지 당가위는 그 정도에서 멈췄다.

대신 당가위는 북설을 바라보며 인자하게 웃었다.

"뭐 하고 있느냐? 앉지 않고."

"예."

북설은 조심스레 인사를 하며 설무린의 옆에 가서 앉았다.

이미 그들 사이에 놓여 있는 탁자에는 많은 음식들이 준비되어 있었다.

연기가 모락모락 나는 것이 막 준비했다는 것을 알 수 있었다.

자신이 데리고 온 설무린과 북설이 자리에 앉자 당한림이 당가위를 향해 고개를 숙이며 물었다.

"아버님, 저는 어찌합니까?"

"냉큼 꺼지지 않고 게서 뭐 하느냐? 난 네놈까지 초대한 기억은 없었는데."

"알겠습니다. 그럼 저는 이만 물러나겠습니다."

어제 당한림의 말이 틀리지 않았다는 것은 알지만 아직까지 맘이 다 풀리지 않았는지 당가위는 퉁명스러웠다.

그러한 당가위의 성격을 잘 알기에 당한림 또한 전혀 불쾌해하지 않았다.

당한림이 마지막으로 인사를 하고 문을 닫고는 사라지자 당가위가 기다렸다는 듯 콧방귀를 뀌었다.

"흥! 자식놈이 감히 날 훈계를 하고 말이야. 용서받으려면 몇 달은 내 앞에서 설설 기어야 할 게다."

애처럼 그런 일에 마음이 꽁해 있다는 것이 우스웠는지 설무린은 자신도 모르게 피식 웃어버렸다.

그리고 그러한 웃음소리를 당가위 정도 되는 고수가 놓쳤을 리가 없다.

고개를 돌린 당가위가 설무린의 표정을 보고는 발끈하며 소리쳤다.

"웃어?"

휘릭!

당가위는 바로 식탁에 있는 젓가락을 손등으로 밀었고, 그것은 날카로운 암기처럼 설무린에게 날아들었다.

전혀 살기를 담은 공격은 아니었지만 젓가락은 무서울 정
도로 빠른 속도로 설무린의 목을 노렸다. 하지만 설무린이 움
직이기도 전에 먼저 북설의 손이 흔들렸다.

팟!

검지와 중지 사이로 날아드는 젓가락을 잡아낸 북설을 보
며 당가위는 입맛을 다셨다.

손녀딸이 설무린의 편을 드는 것이 내심 마음에 들지 않기
때문이다.

하지만 어제와 똑같은 일을 벌이고 싶지 않기에 당가위는
어쩔 수 없이 입맛만 다실 수밖에 없었다.

설무린은 북설이 받아 든 젓가락을 건네받고는 가볍게 내
공을 실어 당가위를 향해 밀었다. 그러자 젓가락이 허공에 둥
실 뜨더니 천천히 당가위의 손바닥까지 다가갔다.

그 모습에 당가위의 눈초리가 묘하게 움직였다.

날아드는 속도가 느리다.

하지만 이것은 내공을 실어 빠르게 공격을 하는 것보다 더
욱 어려운 일이다.

보통의 내공으로는 따라하는 것조차 무리.

'허공섭물(虛空攝物)이라…….'

내공만으로 물건을 들어 올리고 내리는 것이 가능한 경지.

무림인들이 꿈꾸는 경지 중에 하나다.

전 중원을 뒤진다면 허공섭물이 가능한 자를 찾을 수는 있

지만 그래도 이처럼 젊은 사내가 허공섭물이라니 놀라울 수밖에 없는 노릇이다.

당가위는 내심 다른 눈으로 설무린을 바라봤다.

어제 강하다는 것은 느꼈다. 하지만 이처럼 깊은 내공을 지니고 있을 줄은 몰랐다.

자신도 모르게 역시 북해빙궁이라는 말이 떠올랐지만 이내 고개를 저으며 그러한 생각을 버렸다.

북해빙궁하면 치를 떠는 당가위가 아니던가.

당가위는 오히려 코웃음 쳤다.

"홍! 겉멋만 잔뜩 들어서는……. 네놈과는 대화도 하고 싶지 않으니 입 다물고 요리나 먹도록 해라. 사실 네놈에게 먹일 음식조차 아깝기는 하다만……. 그 정도는 내가 너그러이 이해해 주지."

"뭐 그렇게 하지요."

묻고 싶은 것이 있었지만 아직 때가 아니라는 생각 때문인지 설무린은 우선 식사를 시작했다.

설무린이 입을 닫자 당가위는 북설에게 이런저런 이야기를 묻기 시작했다.

원래 별로 말이 없는 북설이지만 당가위가 계속해서 자신에 대해 물어오자 평소에 비해 훨씬 많은 말을 해야만 했다.

당가위는 북설의 말을 단 하나라도 흘려듣지 않으려는지

귀를 기울이며 그녀가 살아온 이야기를 들었다.

북해빙궁에 있는 북해동에서 살아온 이야기를 들으며 당가위는 눈물을 닦았다.

그토록 자신의 손녀가 고생했다는 것이 못내 한스러웠던 모양이다.

눈물을 닦는 와중에 당가위는 설무린을 한 번 노려보았다.

자신의 손녀를 그러한 곳에서 자라게 한 것에 대한 노여움 때문이리라.

알면서도 설무린은 모르는 척 식사에만 열중했다.

북설은 계속해서 북해동에서의 이야기, 자신의 아버지인 북해와의 이야기들을 해나갔다. 그리고 설무린에게서 도움을 받았던 이야기까지도.

두일해라는 작자에게 잡혀갈 뻔했다는 대목에서 당가위는 부들부들 떨었다. 눈앞에 있다면 당장이라도 사지를 찢어버릴 것만 같았다.

그리고 그때 설무린에게 도움을 받았다는 말에 당가위가 처음으로 그를 부드럽게 바라봤다.

식사하면서도 이야기에 귀를 기울이던 설무린이기에 당가위의 그러한 눈빛을 모를 리가 없었다. 하지만 오히려 부드러운 그 시선이 부담스러웠는지 설무린은 억지로 기침을 하며 딴청을 부렸다.

북설은 설무린과의 북해동에서의 이야기를 끝내고 그림자

무사가 되기 위해 무공을 익혀왔던 것도 이야기했다. 그리고 설무린의 그림자무사로 북해빙궁에서 나와 지금 이곳 사천당 문까지 오게 된 경위를 자세하면서도 말해서는 안 될 부분을 적절하게 빼며 당가위에게 알려주었다.

비록 북설의 나이는 젊었지만 살아온 인생에 대해 이야기하다 보니 그 시간은 적지 않았다.

무려 반 시진에 가까운 시간을 홀로 이야기하던 북설이 마침내 말을 끝내고 입을 닫았다.

당가위는 북설의 말이 끝나고도 한참을 조용히 있었다.

자신의 손녀딸이 인생이 무척이나 험난했던 탓이다.

그리고 이 같은 일이 벌어진 이유가 자신에게도 있다는 사실을 알기에 더더욱 당가위는 마음이 아팠다.

자신이 그때 딸인 당미진만 만나주었다면…….

모든 것을 용서하고 북해와 당미진을 자신이 거두어주었다면 결코 북해동에서 그 같이 고달픈 인생을 살게 하지 않았을 게다.

한참을 침묵하던 당가위가 어렵게 말을 꺼냈다.

"…고생이 많았구나."

"고생이라고 할 것도 없어요."

"걱정하지 말거라. 이제부터는 내가 너를 지켜줄 것이다. 세상 그 누구 부럽지 않게 호화롭게 살게 해줄 테니 이제부터는 행복하게 살 수 있을 게다."

여태까지 해주지 못한 것, 그러한 모든 것을 당가위는 지금부터 갚아주려는 것이다.

"우선 당문의 한 자락에 네 거처를 마련해 주마. 옷도 새로 맞춰주고, 장신구들도 잔뜩 사주마. 그리고 또……."

"호의는 감사하지만, 그럴 수 없어요."

북설은 당가위의 말을 잘랐다.

당가위의 마음은 잘 알지만 북설은 그의 말대로 할 수 없었다.

당가위의 말대로 사천당문에서 그의 보호를 받으며 산다면 분명 남은 인생을 평화롭고 조용히 보낼 수 있을 게다. 하지만 그것이 북설이 원하는 삶은 아니었다.

설무린의 그림자무사로, 언제까지든 그의 옆에서 살아가는 것이 북설이 정한 자신의 인생이었다.

북설의 말에 당가위가 표정을 굳힌 채로 그녀를 응시했다.

그 시선이 왜냐고 묻는 것 같았기에 북설이 대답했다.

"전 이미 제가 정한 인생이 있어요. 물론 그 길이 어렵고 목숨을 걸어야 하는 것도 압니다. 하지만… 그래도 그게 제가 정한 길이에요. 후회는 없습니다."

"네가 정한 길이라는 게… 저놈을 따라가는 것이더냐?"

당가위는 설무린을 가리키며 말했다.

북설은 고개를 끄덕이는 걸로 대답을 대신했다. 그녀의 행동에는 한 치의 망설임이나 흔들림이 없었다.

“허허……. ”

당가위가 허탈한 듯이 웃었다. 옛날 같았다면 당장이라도 노발대발했겠지만 그 또한 나이를 먹었고, 이전에 이 같은 경험이 있었다.

당미진.

그때도 그러했다.

당미진이 정한 길을 당가위는 끝까지 인정하지 않았고 그 때문에 다시는 딸을 볼 수 없게 되었다.

비록 상황은 조금 다르다 하나 지금 또한 그때와 크게 다를 바가 없었다.

하지만……. 마음에 들지 않는다.

그때와 마찬가지로 북해빙궁에게 또 한 번 자신의 혈육을 빼앗긴다는 생각에 쉽사리 고개를 끄덕일 수가 없었던 것이다.

인정할 수 없지만 당가위는 알고 있었다.

북설은 자신이 마음대로 잡아둘 수 없다는 것을 말이다.

당미진은 그래도 순종적인 아이였다. 그리고 아버지인 자신의 말을 하늘처럼 여겼었다. 하지만 북설은 그러했던 당미진과는 무척이나 달랐다.

자신의 뜻을 분명하게 밝힐 줄 알았고, 또 한 번 정한 자신의 길을 굽힐 것 같지도 않았다.

더군다나 대답을 할 때 두 눈 가득했던 결연한 의지…….

결코 꺾이지 않을 게다.

당가위는 깊은 한숨을 내쉬었다.

지금 당장 해결할 수 있는 문제가 아니었기에 당가위는 슬쩍 화제를 돌리기로 마음먹었다.

방금 전 들었던 북설의 이야기 중에 사천당문으로 오게 된 경위에 대해서다.

"아, 사천당문에게 부탁할 해약이 무엇이더냐. 그 어떠한 독이라도 사천당문에서 해독하지 못할 것은 없단다."

"그게…….."

북설이 말을 끄는 순간 여태까지 입을 닫고 있던 설무린이 이야기를 꺼냈다.

"흡혈잠마지독입니다."

"뭐?"

"다시 말씀드릴까요?"

못 들었을 리가 없다.

그것은 갑작스럽게 변한 당가위의 표정만 봐도 알 수 있었다. 듣지 못해서가 아니라 설무린의 입에서 나온 독의 이름을 듣고 너무 놀라 반문한 것이다.

그리고 예상대로 설무린의 말에 당가위가 고개를 저었다.

당가위의 눈빛이 여태까지와는 사뭇 다르게 변했다.

설무린을 적대시하던 눈빛도, 북설을 따스하게 바라보던 눈빛도 아니다.

이것이 바로 독왕이라 불렸던 당가위의 눈빛이었다.

당가위가 혼자 중얼거리듯이 말했다.

"그 독은 사라졌다고 들었는데……."

흡혈잠마지독은 이제는 사람들의 기억에서 사라질 정도로 오래전에 모습을 감추었다. 그리고 극히 일부만이 이 지독한 독의 이름을 기억하고 있는 것이다.

당가위, 그 또한 이 독에 대해 잘 알고 있었다.

설무린은 품 안에 있는 병 하나를 꺼내어 들었다. 바로 설군표의 피가 담겨 있는 병이었다.

흡혈잠마지독에 중독된 그의 피가 이 병 안에 있다.

물론 이미 딱딱하게 굳어버렸지만 말이다.

"사라지지 않았습니다."

"……."

당가위의 눈빛이 날카롭다.

병을 쏘아보는 눈빛에서 날카로운 안광이 터져 나온다.

가만히 병을 바라보던 당가위가 입을 열었다.

"흡혈잠마지독의 해약을 구하려 하는 것인가?"

"그렇습니다."

"이곳 사천당문에는 흡혈잠마지독의 해약이 없어. 이곳 사천당문뿐만이 아니라 천하 그 어디를 가도 흡혈잠마지독의 해약은 없을 게야."

예상했다.

이미 사라진 지 오래인 독의 해약이 사천당문에 있을 리가
없었다.

그랬기에 설무린은 급하게 물었다.

"그럼 이것을 드릴 테니 해약을 만들어주실 수는 있습니
까?"

"오래전……. 우리 당문은 흡혈잠마지독의 해약을 만들려
고 했었지. 하지만 실패했었다. 솔직히 말해 그것을 준다 해
도 사천당문에서 해약을 만들어낼 확률은 극히 미미해."

당가위의 말에 설무린이 입술을 지그시 깨물었다.

최후의 보루라고 생각하며 온 곳이 바로 이곳 사천당문이
아니던가.

이곳 사천당문에서 불가하다면 이제 어디를 찾아가야 할
지 막막하기만 할 뿐이다.

남만?

그곳에서 이 흡혈잠마지독에 대해 아는 자를 일일이 찾아
야 한단 말인가? 그것도 아무런 소문도 나지 않게?

그것은 불가능한 일이다.

해약을 만들어낼 수 없다는 말에 설무린이 크게 실망하고
있을 때였다.

당가위가 입을 열었다.

"하지만……."

"하지만?"

설무린이 번쩍 고개를 들어 당가위를 바라봤다.

잠시 골몰히 고민하는 듯 보이는 당가위를 보며 설무린의 눈이 빛났다.

무엇인가 생각난 것이 있으리라.

당가위가 이내 입을 열었다.

"자신할 수는 없지만 그나마 가능성을 지니고 있는 사람이 한 명 있지."

"그게 누굽니까?"

"독접(毒蝶) 당화화(唐華華)."

"당화화?"

생전 처음 듣는 이름이다.

하지만 그러한 설무린의 반응이 이상하지 않다는 듯이 당가위가 고개를 끄덕였다.

그도 그럴 것이 당화화의 존재를 아는 자는 당문에서도 극히 일부였기 때문이다. 그런 그녀에 대해 외인(外人)인 설무린이 안다는 것이 더욱 우습다.

당가위가 당연하다는 듯이 말했다.

"모를 만도 하지. 이미 백 세가 훨씬 넘었고, 모습을 감춘 것만 해도 오십 년은 훌쩍 지났으니 말이야. 평생을 흡혈잠마지독 하나만 파고들었던 분이니 잘하면 해약을 만드는 방법을 알지도 모르지."

"어디를 가면 그분을 만날 수 있습니까?"

"큭큭! 그걸 내가 네놈에게 왜 가르쳐 줘야 하느냐?"

다급하게 묻는 설무린을 보며 당가위는 오히려 비웃음을 날렸다.

비록 이렇게 같이 식사하고는 있지만 당가위는 북해빙궁에 아직까지 깊은 한을 품고 있는 인물이었다.

사실 북설만 아니었다면 이처럼 같은 자리에 있는 것조차 그리 달갑지 않았다.

거기다가 여유있어 보이던 설무린이 처음으로 이처럼 조급하게 물어오자 당가위는 내심 기분이 좋았던 것이다.

설무린의 어투가 다소 날카롭게 변했다.

"중원의 운명까지 걸린 일입니다만?"

"중원의 운명을 네놈이 왜 신경 쓰더냐, 저 먼 새외에 있는 놈이?"

당가위의 그 말에 설무린이 화가 솟구쳐 자리에서 벌떡 일어났다.

그때 북설이 다급히 입을 열었다.

"할아버님, 부탁하겠습니다."

"하, 할아버님?"

할아버님이라는 칭호에 당가위가 놀라 입을 벌렸다.

단 한 번도 자신에게 할아버지라 부르지 않았던 북설이었기에 그 칭호가 그리 기분 좋을 수가 없었다.

잠시 넋을 잃고 있던 당가위가 이내 정신을 차리고는 헛기침을 했다. 그리고는 어쩔 수 없다는 어투로 다시금 이야기를 꺼냈다.

"흠흠, 내 손녀가 원하니 말해주지."

말을 마친 당가위는 자리에서 일어나 벽 한쪽으로 다가갔다. 그곳에는 넓은 대륙의 지도가 그려져 있었다.

당가위는 사천의 한 곳을 찍었다.

"바로 이곳이 사천당문이다. 그리고 이곳에서 서쪽으로 며칠 정도 가다 보면……."

지도를 따라 움직이던 당가위의 손가락이 한 곳에서 멈추어 섰다.

그의 손가락이 산을 가리키고 있었다.

"이곳에 바로 그분이 계시지."

독접 당화화. 바로 그녀는 당가위가 가리킨 산속 싶은 곳에 은거하고 있었다.

울컥하는 마음에 자리를 박차고 일어섰던 설무린은 자리에 앉은 채로 당가위가 가리키고 있는 곳을 바라봤다.

평생을 흡혈잠마지독을 조사한 자가 저곳에 있다.

여태까지 그 어디를 찾아갔을 때보다 희망이 있어 보였다.

"저곳만 가면 쉽게 그분을 찾을 수 있는 겁니까?"

"그럴 리가. 그렇다면 은거라고 말하기도 우습지. 내가 길을 알려주지 않는다면 찾는 것도 그리 쉽지 않을 게야. 네놈이 부탁했다면 결코 알려주지 않겠지만 내 손녀가 부탁한 것이니 특별히 가르쳐 주도록 하마.”

아직까지도 북설이 자신에게 할아버님이라고 부른 것이 못내 기뻤는지 당가위는 연신 싱글벙글이었다.

그러한 모습이 흡사 팔불출 같았지만 그리 나쁘게 보이지는 않았다.

그만큼 당미진에 대한 그리움이 컸다는 소리니까 말이다.

알고자 했던 것을 알았기에 설무린은 다시금 입을 닫았고, 그때부터는 다시 기분이 좋아진 당가위가 홀로 이야기를 하기 시작했다.

물론 설무린은 계속해서 없는 사람 취급을 당했지만 그리 신경 쓰지도 않았다.

설무린은 홀로 앞에 있는 술을 홀짝거렸다.

‘독접이라…….’

생전 처음 듣는 별호다.

하지만 별호에서 풍기는 느낌이 보통 인물이 아니라는 생각이 들게끔 만들었다.

확신은 없지만 왠지 모를 가능성이 보인다.

백 세를 넘긴 인물.

그리고 한 평생을 흡혈잠마지독에 쏟아 부었다면 희망이 있을 법도 하지 않은가.

설무린과 마찬가지로 기분이 좋은 당가위 또한 계속해서 술을 마시며 호탕하게 웃음을 터뜨렸다. 북설은 술을 입에 대지 않았지만 당가위는 마치 대작이라도 하는 듯이 연신 술을 털어 넣었다.

술이 제법 취한 듯 얼굴이 붉어진 당가위가 갑자기 설무린을 향해 휙 하니 고개를 돌렸다.

그러더니 갑자기 소리를 질렀다.

"이놈!"

"……?"

잔을 든 채로 설무린이 멀뚱히 당가위를 쳐다봤다. 버럭 소리를 지르기는 했지만 노해서 그런 것이 아니다. 그것은 표정만 봐도 알 수 있었다.

당가위는 설무린의 옆에 놓여 있는 병을 힐끔 바라봤다.

그러더니 히쭉 웃으며 설무린에게 말했다.

"북해에 있는 놈이 화주(火酒)를 제법 마시는구나?"

"원래 추운 곳에 사는 사람이 더 술을 잘 마시는 법이죠."

"그 말은 나보다 네놈이 더 술을 잘 마신다는 말이렷다?"

"그럴 수도 있지요."

"오냐! 좋다, 한번 해보자."

커다란 술통을 탁자 위로 턱 하니 올려놓는 당가위를 보며 설무린이 곤란하다는 듯이 입을 열었다.

"이미 반쯤 취하셨고 나이도 있으신데……. 무리 아니겠습니까?"

"시끄럽다, 이놈! 아무리 나이를 먹었어도 너 같은 놈 열 명이 와도 지지 않는다."

당가위는 손에 쥐고 있던 잔을 옆으로 내려놓고는 커다란 사발을 꺼냈다.

그리고는 급히 술통을 열어 사발에 술을 소리가 날 정도로 쏟아 붓기 시작했다.

콸콸!

독한 냄새가 확 하니 방을 채웠다.

술이 가득 채워지자 당가위는 사발을 그대로 휙 하니 집어 던졌다.

마치 륜처럼 날아드는 사발을 설무린은 손바닥을 빙글빙글 돌리며 어렵지 않게 받아냈다.

놀랍게도 술은 단 한 방울도 흘러내리지 않았다.

'어린놈이… 대단하군.'

당가위는 속으로 혀를 찼다.

어느 정도 공력이 실린 사발을 받아내면서도 가득 찬 술을 단 한 방울도 흘리지 않았다.

말은 하지 않았지만 북해빙궁 소궁주라는 설무린에 대해 계속해서 감탄하고 있는 중이었다. 하지만 그러한 자신의 속 내를 드러낼 생각은 전혀 없다.

북해빙궁의 인물에게 감탄하고 싶지는 않으니까.

당가위는 자신의 사발에도 술을 따라 붓더니 허공으로 들 어 올렸다.

“마셔보자! 새외의 촌놈!”

“훗. 원하신다면.”

설무린은 가볍게 웃으며 사발에 들어 있는 화주를 쭈욱 들이켰다.

사발에 있는 술을 한 방울도 남김없이 들이킨 설무린은 소매로 입을 닦았다.

술이 독하다.

보통의 화주보다 훨씬 더 지독했다.

표정을 구긴 설무린을 보며 술이 가득 찬 사발을 비운 당가위가 짓궂은 미소를 지었다.

득의에 찬 모습으로 당가위가 물었다.

“흐흐! 어떠냐? 아무래도 버티기 힘든 모양이구나?”

“그럴 리가 있습니까.”

설무린이 질세라 표정을 바꾸며 사발을 내밀었다.

둘은 그렇게 주거니 받거니 하며 몇 순배를 돌았다. 겨우 몇 번씩 술잔을 돌렸을 뿐인데 둘의 얼굴은 벌써 새빨갛게 변해 버렸다.

그것은 사발의 크기가 워낙 크기도 했고, 당가위가 권한 술 자체가 워낙 지독해서다.

다시 사발에 술을 채우며 당가위가 물었다.

“언제 떠날 생각이냐?”

“시간이 없으니 내일이라도 당장 떠날 생각입니다.”

"내일?"

당가위가 자신도 모르게 북설을 바라봤다.

설무린이 내일 움직인다면 북설 또한 마찬가지 아니겠는가. 만난 지 얼마 되지도 않아 다시금 떨어질지도 모른다는 것이 당가위는 무척이나 아쉬웠던 모양이다.

당가위가 아쉬워하며 물었다.

"그리 급한 일이더냐?"

"아까 말하지 않았습니까. 이 해약을 구하지 못하면 이 독이 중원까지 시끄럽게 만들 겁니다."

"끙……."

흡혈잠마지독이 얼마나 지독한 물건인지 알기에 당가위는 혀만 찰 뿐이었다.

그 정도의 극독이 중원에 퍼진다면 수많은 자들이 죽을 건 안 봐도 뻔한 일이다.

어떠한 일이 북해빙궁에서 벌어졌는지 당가위는 알지 못한다. 하지만 흡혈잠마지독으로 인해 벌어진 일이라면 분명 보통의 것은 아닐 게다.

거기다 다른 자도 아닌 북해빙궁의 소궁주가 직접 움직였다.

그만큼 중요하면서도 비밀에 붙여야 하는 일이라는 거다.

설무린은 기억났다는 듯이 당가위에게 확인이라도 하려는 듯 말했다.

"제가 흡혈잠마지독의 해약을 구한다는 것은 비밀로 해주
서야 합니다. 소문이라도 난다면 큰일이 벌어질 테니까요."

"누굴 바보로 아느냐? 그런 일에 대해 떠들고 다닐 내가 아
니다."

당가위가 설무린을 흘겨보며 퉁명스레 대꾸했다.

비록 북해빙궁을 좋아하지는 않지만 그렇다고 해서 설무
린이 하는 말이 모두 거짓말이라 생각지는 않는다.

흡혈잠마지독의 위험함을 독왕이라 불리는 당가위가 모를
리가 없다.

그 독은 세상에 나와서는 안 될 마물(魔物)이다.

내일 당장 찾아 나선다는 말에 아쉬움이 가득했지만 어쩔
수 없는 일이기에 당가위가 못마땅한 어투로 말했다.

"내일 내가 당문 무인을 붙여주지. 다녀오도록 해."

"배려, 감사합니다."

"흥! 감사할 것 없다. 네놈을 위해 이리 해주는 것이 아니
니까 말이다."

여전히 불만 가득한 목소리다.

하지만 이유야 어쨌든 간에 설무린이 바라던 바다. 불만을
가질 이유가 전혀 없다.

당가위는 북설을 내일 다시금 보낸다는 것이 못내 아쉬운
지 사발에 가득한 술을 입 안에 확 하니 털어 넣었다.

그리고는 입맛을 다시며 괜스레 설무린을 날카롭게 쏘아

붙였다.

"하여튼 북해의 놈들은 하나같이 맘에 안 들어."

설무린은 잠자리에서 일어나며 눈을 찡그렸다.

아침부터 찾아오는 두통 때문이다.

이 두통의 이유를 잘 알기에 설무린은 한 손으로 머리의 양쪽을 꾹꾹 눌렀다.

두통의 이유는 다름 아닌 술.

술자리가 늦게까지 계속되었기에 한 시진이나 제대로 잤는지 모르겠다.

인시(寅時)를 넘어서까지 계속된 술자리였지만 설무린은 언제나처럼 이른 시간에 자리에서 일어난 것이다.

오늘 사천당문을 떠나 독접 당화화라는 인물을 만나러 가기에 일찍 자리에서 일어나고자 했지만 그것이 쉽지가 않았다. 그것은 다름 아닌 당가위 때문이었다.

물론 당가위가 설무린과 오래 자리를 같이하려고 했을 리가 있겠는가.

전부 북설 때문이다.

설무린이 가면 북설도 갈 거라는 것을 알고 있는 당가위는 집요하게 그를 물고 늘어졌다.

덕분에 아침 해가 뜨기 직전까지 술을 마셔야만 했다.

그것도 당문에서 직접 제작한 지독한 화주를 말이다.

‘지독한 영감 같으니라고.’

술을 마시면서도 이야기는 북설과 한다.

그러면서도 주구장창 쉬지 않고 설무린에게 사발로 술을 건넸다.

독한 술기운에 아직도 속이 좋지 않았지만 설무린은 자리에서 일어났다.

그래도 한 시진가량 눈을 붙이니 아까보다는 훨씬 더 움직일 만하다.

설무린은 대충 풀어놓았던 짐들을 빠르게 챙겼다.

당화화……. 그녀를 만나러 가기 위해서다.

짐을 챙기고 나온 설무린의 앞에 북설이 모습을 드러냈다. 그녀 또한 짐을 모두 챙긴 상태였다.

말도 하지 않았는데도 설무린이 어떻게 행동할지 알고 있었던 모양이다.

“벌써 준비를 끝냈느냐?”

“예.”

“좋아, 그럼 만나러 가봐야겠군.”

당가위, 그를 만나기 위해 설무린과 북설이 다시금 발걸음을 움직였다.

당가위의 거처는 조금 멀었지만 어제 갔던 길이고, 잠깐 눈을 붙이기 위해 방금 전에 돌아온 길이기도 했다. 그리 어렵지 않게 둘은 당가위의 거처를 다시금 찾아왔다.

어느 곳이나 중요한 인물이 기거하는 곳에는 지키는 사람
이 있게 마련인데 이곳 당가위의 거처는 그렇지 않았다.

덕분에 아무런 제지도 받지 않고 둘은 안으로 들어설 수 있
었다.

당가위의 거처로 들어선 설무린은 의외의 인물을 발견하
고는 조금 놀란 표정을 지어 보였다.

그곳에는 낯익은 인물이 있었다.

설무린과 마찬가지로 그도 이쪽을 보고는 다가오기 시작
했다. 설무린과 북설을 향해 다가오고 있는 사내는 어제 헤어
졌던 당한림이었다.

당한림이 설무린을 향해 반갑게 말을 걸었다.

"왔는가?"

"대낮부터 이곳에 어쩐 일이십니까?"

설무린은 당한림을 보며 물었다.

그러자 당한림이 자신의 뒤쪽에 있는 사람들을 바라보며
말했다.

"아버님께서 자네가 아침 일찍 찾아올 거라며 이들을 소개
시켜 주라고 하더군."

"호오."

설무린은 눈을 돌려 닫혀 있는 당가위의 거처를 바라봤다.

역시 왜 독왕이라 불릴 수 있었는지 알 수 있는 뛰어난 통
찰력이다.

오늘 당장 간다고 말은 했지만 술도 잔뜩 마신 상태에서 설무린이 이 시간에 찾아올 거라 파악해 낸 모양이다.

그리 유쾌한 사이는 아니지만 과연 사천당문을 이끌었던 인물답다는 생각이 들었다.

당한림의 뒤쪽에는 세 명의 인물이 있었다.

사내 둘, 그리고 여인 하나.

중년의 사내 한 명과 젊은 남녀 하나씩이었다.

"인사들 하게. 이쪽이 자네들을 안내해 줄 사람들이네."

당한림의 말이 끝나자 중년의 사내가 먼저 앞으로 나서며 자신을 소개했다.

"당악이라고 하네."

당악이라는 말에 설무린은 뭔가를 기억해 내고는 슬며시 물었다.

"은침탈혼(銀鍼奪魂)?"

"그렇게 불리더군."

그리 말이 많지 않아 보이는 중년의 사내. 그는 무림에서 알려진 인물이었다. 그랬기에 설무린이 이름을 듣기가 무섭게 은침탈혼이라는 별호를 내뱉은 것이다.

은침 하나로 위명을 떨쳤을 정도로 암기술에 능한 인물이 바로 당악이다.

당악의 소개가 끝나자 젊은 남녀가 나섰다.

"당수호라고 합니다."

"당가연이에요."

둘 모두 사천당문에서 알려져 있는 후기지수들이었지만 설무린이 그런 그들까지 알 턱이 없었다. 그리고 이 무리에서 그나마 설무린의 관심을 끌 수 있는 것은 당악뿐이었다.

설무린은 세 명의 사람을 잠시 바라보다 당한림을 향해 말했다.

"이렇게 많이 필요합니까? 한 명이면 되는데……."

"나도 그리 생각하기는 했는데 아버님은 그리 생각하시지 않는 모양일세. 여인이 하나 정도는 있어야 한다며 가연이도 붙인 것이고."

"쩝……. 괜히 발걸음만 느려지게 생겼군요."

설무린의 그 말에 당수호라 자신을 소개한 사내가 움찔했다.

겉으로 보기에 자신과 별반 나이 차가 나지 않아 보이는 설무린이 내뱉은 말이었기에 불쾌함은 더했다.

'건방진…….'

당수호 자신은 사천당문의 후기지수다.

설무린이 불쾌한 표정을 짓고 있는 당수호를 놓쳤을 리가 없다.

알면서도 설무린은 대수롭지 않다는 듯 그의 표정을 무시해 버렸다.

그때 설무린에게로 당한림이 날린 전음이 날아들었다.

“자네에 대해서는 아직 말하지 않았네. 자네의 허락 없이 함부로 말하면 안 될 것 같아서 말이야. 아, 북설에 대해서도 아직은 때가 아닌 것 같아 함구했다네.”

설무린은 당한림을 보면서 씩 웃었다.

현명한 행동이었다.

자신은 굳이 감출 필요도 없지만 북설의 신분은 아직 밝힐 때가 아니라는 생각에서다.

당한림이 당악의 어깨를 두드리며 말했다.

“이 친구가 자네들이 가야 할 곳을 잘 알고 있다네. 생긴 건 차갑지만 그래도 제법 따뜻한 친구니 걱정 안 해도 될 걸세.”

“그리 말씀하시니 믿어야겠지요. 한데… 그분은 안 나오신답니까?”

“그분? 아아, 아버님 말인가?”

설무린이 고개를 끄덕였다.

북설이 간다 하면 당장이라도 뛰어나와 가는 길을 배웅하겠다고 나설 거라 생각했는데 모습조차 보이지 않는다.

설무린이 어떠한 생각을 하는지 알아차렸는지 당한림이 소곤거리듯 말했다.

“가는 걸 보면 보내기가 쉽지 않으실 것 같다며 주무시는 척하고 계시네. 그리 먼 곳도 아니라 왕복해도 이십일 정도밖에 되지 않을 터인데도 말이야.”

독접 당화화, 그녀가 있는 곳은 이곳에서 그리 멀지 않다.

보름에서 이십 일.

그 정도의 시간이 흐르면 다시 사천당문으로 돌아올 수 있을 것이다.

설무린은 당화화를 찾아 함께 떠나야 할 세 사람 앞에 서서 포권을 취하며 입을 열었다.

"이름은 지금 당장 밝히기 뭐하고 성은 설(雪)입니다. 그러니 편하실 대로 부르시면 됩니다. 그리고 이 여인은 북설이라고 하지요."

북설이 검을 잡은 채로 살짝 두 주먹을 말아 쥐며 포권을 취했다가 풀었다.

설무린이 세 사람을 바라보며 담담하면서도 뭔가 의미심장한 미소를 지어 보이며 말했다.

"지금 해야 하는 일이 제법 급한 지라 빠르게 움직일 겁니다. 뒤쳐지시면… 버리고 갈지도 모릅니다. 후후!"

그 한마디 말이 자신에게 하는 것 같았기에 당수호의 표정이 구겨졌다.

第六章

시선(視線)

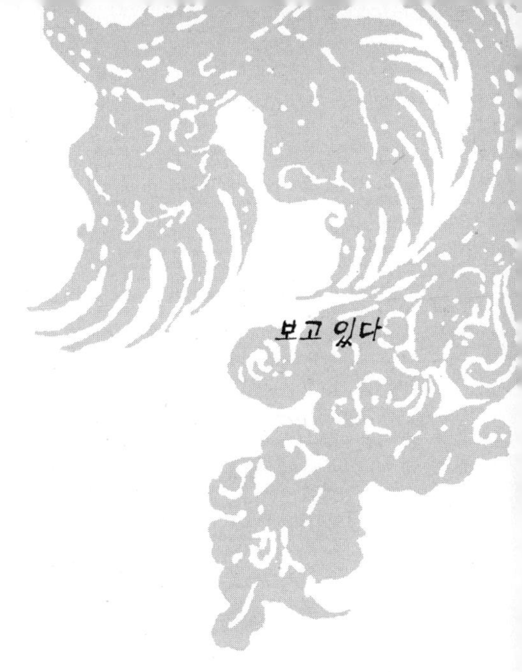

사천당문이 있는 사천성(四川省) 성도(成都).

그리고 성도에서 서쪽으로 관도를 따라가다 보면 청성산(靑城山)이 있다.

청성산은 유명한 도교명산(道敎名山)이다.

도교의 발생지 중 하나인 이곳 청성산은 그 푸름이 기이하다 말할 정도로 아름답다.

청성천하유(靑城天下幽).

사람들은 너무나 아름다운 청성산을 가리켜 이처럼 말하기도 하였다.

그리고 또 하나.

무림인이 청성산을 말할 때는 빠지지 않는 것이 있으니, 그것은 다름 아닌 구파일방의 하나인 청성파(靑城派)였다.

도가의 문파이나 그들은 암기의 사용에도 능했다.

물론 사천당문과는 달리 청성파는 암기에 독을 바르지는 않았다. 그것이 사천당문과 청성파의 가장 큰 차이점이라 할 수 있었다.

가까이 있는 탓에 두 문파는 제법 교류가 잦은 편이다. 지금 이곳 청성산 근방에 설무린과 북설, 그리고 당문의 세 사람이 모습을 드러냈다.

월하객잔(月下客棧).

이 마을에서 가장 유명한 월하객잔은 손님들의 발길이 끊이지 않는 곳이다.

무인에서부터 해서 장사꾼까지. 청성산을 넘으려는 사람들 중 대부분이 이곳 월하객잔에서 하루를 머문다고 해도 과언이 아니었다.

그만큼 크기도 크고, 수많은 이들이 모이는 곳이 바로 이곳 월하객잔이다.

마을에 들어선 당악이 거침없이 발걸음을 옮겼다.

다른 이들에게 이 마을은 처음일지 모르지만 당악에게 이 마을은 너무나 익숙했다. 수도 없이 청성산에 가기 위해 들렀던 곳.

멀리서도 보일 정도로 커다란 객잔을 바라보며 당악이 말했다.

"저곳에서 하루 묵고 올라가면 되네."

"당장 올라가면 안 됩니까? 굳이 쉬고 올라갈 필요야……."

"산에서의 밤은 위험하지. 그리고 자네 둘이야 괜찮을지 모르겠지만……. 이쪽은 아니 그러네."

당악은 말을 하며 뒤쪽에 있는 사천당문의 다른 둘을 쳐다봤다. 젊은 두 남녀의 모습은 반쯤 넋이 나갔다고 해도 될 정도였다.

이 두 남녀가 이리 된 것은 쉬지 않고 달려온 설무린 탓이다.

북설과 당악은 그런 설무린을 쫓아왔지만 내공이 부족한 당수호와 당가연으로서는 모든 기력이 소진될 수밖에 없었다.

그런 둘을 보며 설무린은 한숨을 푹 쉬었다.

"이래서 걸음을 늦추게 할 것 같은 자들은 데리고 오지 않으려 했거늘……. 쯧."

"설 공자, 말이 심한 것 아닙니까?"

지쳐서 숨을 헐떡거리던 당수호가 매섭게 눈을 치켜뜨며 말했다.

청성산까지 오는 내내 죽을 기분이었다. 힘든 기색을 내보일 수 있는 당가연과는 달리 당수호는 안간힘을 다해서 버텨야만 했다.

힘든 기색을 내비춘다는 것이 그로서는 무척이나 자존심 상했기 때문이다. 그러던 차에 그동안 쌓여왔던 울분이 설무린의 그 한마디에 터져 버리고만 것이다.

분해서 씨근거리는 당수호를 보며 설무린은 피식 웃었다.

처음 여정을 떠나면서부터 당수호가 자신을 그리 좋지 않게 바라보고 있었다는 걸 알고 있었다. 알면서도 설무린은 모르는 척 그를 무시했다.

어차피 얼마 후부터는 얼굴을 마주할 필요도 없는 인물이다. 굳이 싸울 생각도 없다.

설무린은 분에 겨워하는 당수호를 향해 대수롭지 않다는 듯이 입을 열었다.

"그런 뜻으로 말한 게 아닌데 당 소협께서 기분이 상했다면 사과하지요."

"그리 말한다면 저도 더 할 말은 없지만……."

사과를 받기는 했는데 뭔가 개운치가 않다. 그건 말과는 다르게 웃고 있는 눈 때문이리라.

'대체 뭐 하는 자이기에 전대 장문인께서는 이런 놈을 따라가라 하신 건지 모르겠군.'

자신에 비해 몇 살 정도 많아 보이는 설무린의 정체를 당수호는 모른다. 당수호가 보기에 설무린은 그저 돈 많은 집의 자제 같았다.

오랜 시간 중원을 떠돌았다지만 은연중에 풍기는 귀티 때문이리라.

아마 설무린의 경공을 보지 않았다면 당수호는 그저 그를 돈깨나 많은 집의 자식이라 생각했을 게다.

잠시 둘의 대화를 보고 있던 당악이 천천히 입을 열었다.

"이야기 끝났으면 이만 가도 되겠는가?"

"그러죠. 후후."

당수호를 한번 힐끔 본 후 설무린은 당악의 뒤를 쫓아 걸었다. 그리고 그런 설무린의 뒤를 따라 걸으며 당수호는 불만스러운 표정을 지어 보였다.

월하객잔은 외향만큼이나 실내도 빼어난 곳이었다.

북적거리는 사람들, 즐비한 탁자들에 올라가 있는 요리들 때문에 절로 군침이 삼켜질 정도였다.

구석 자리로 다가간 일행이 의자에 앉기가 무섭게 점소이가 모습을 드러냈다.

제법 나이가 있어 보이는 점소이가 당악을 향해 반갑게 인사를 건넸다.

"어이쿠! 당 대협, 이게 얼마 만이십니까?"

"잘 지냈는가?"

그런 점소이를 향해 당악 또한 익숙한 듯 가볍게 대꾸했다. 그러자 점소이 사내는 기다렸다는 듯이 말을 쏟아내기 시작했다.

"저야, 매일매일이 똑같은데 무슨 별일이야 있겠습니까. 그런데 이리 오신 걸 보니 청성파에 볼일이라도 있으신 모양입니다?"

"이번엔 아닐세. 그나저나 출출해서 그러는데……."

더는 묻지 말라는 무언의 신호다.

그리고 점소이로 잔뼈가 굵은 그가 그 정도도 알아차리지 못할 리가 없다. 점소이 사내는 도리어 호들갑을 떨며 화제를 돌렸다.

"오랜만에 만나뵈어 반가운 나머지 제가 헛소리나 지껄였나 봅니다. 식사는 무엇으로 하시겠습니까?"

"동파육(東坡肉)하고 나머지는 간단하게 요기할 것들로 가져다주게."

"역시 당 대협이시군요. 동파육은 저희 객잔의 자랑이지요. 아, 그렇다면 방은 몇 개나 내어드리면……."

"두 개만 주게."

"알겠습니다. 그럼 식사도 빨리 가져다 드리겠습니다."

점소이 사내가 후다닥 주방으로 모습을 감췄다. 점소이가 사라지자 설무린이 당악을 향해 물었다.

"점소이가 알아보는 걸 보니 자주 오시나 봅니다?"

"청성파와 왕래가 잦은 편이다 보니 일 년에 몇 번 정도는 주기적으로 찾는 편이네. 그러다 보니 안면도 익혔고."

"그랬군요."

설무린은 고개를 끄덕였다.

대수롭지 않게 지친 몸을 의자에 기대어 앉아 있던 설무린은 묘한 공기를 느끼고 주변을 살피기 시작했다.

상인들 틈에서 도복(道服)을 입은 청성파 도인들의 모습이 보였다.

하지만 설무린의 눈을 끈 것은 청성파 도인들이 아니었다.

이곳 청성산의 초입에 청성파의 인물들이 있는 것은 당연했다.

이질적인 인물들. 그런 자들이 눈에 들어오는 것이 이상하지 않았다.

'저들은……'

설무린과 마찬가지로 북설 또한 이상한 느낌을 받았는지 수상해 보이는 네 명의 사내를 바라보고 있었다.

거도(巨刀)를 등에 짊어지고 있는 그들이 청성파 도인들을 향해 도발적인 행동을 취하고 있었다.

대놓고 자신들을 향해 드러내는 적의를 청성파의 도인들이 모를 리가 없었다. 가만히 앉아 있기는 하지만 그들 모두 심기가 불편한 얼굴들이다.

다만 도(道)를 추구하는 청성파이기에 불쾌하다 하여 함부로 싸움을 벌이지 않는 것뿐이다.

하지만 청성파의 인물들 또한 지지 않겠다는 듯 그들의 눈빛에 고개를 숙이지 않았고, 이내 참기 힘들었는지 나이 많은 도인 한 명이 자리에서 일어났다.

육십 줄에 다다른 노인을 보며 당악이 자그마한 목소리로 중얼거렸다.

"허어. 옥로 진인(玉爐眞人)이 아니신가."

"아시는 분입니까?"

옆에 있던 당수호가 묻자 당악이 고개를 끄덕였다.

청성파에 자주 방문하던 당악과는 나름 안면이 있는 인물이다.

옥로 진인이라 불리는 청성파의 도인이 네 사람이 모여 있는 탁자 옆에 가서 섰다.

불쾌했을 게 분명하거늘 옥로 진인은 예의를 잃지 않았다.

"네 분께서는 저희들에게 하실 말씀이라도 있는지……."

"할 말? 너희 같은 호랑말코들에게 할 말이 무에 있더냐."

네 사내 중 외팔인 사내가 옥로 진인을 조롱했다.

그러자 뒤쪽에 앉아 있던 다른 청성파의 인물들이 분에 못 이겨 벌떡 일어났다. 하지만 그런 그들보다 옥로 진인의 행동이 더욱 빨랐다.

"어허, 경거망동(輕擧妄動)들 하지 말거라."

조그마한 목소리였지만 그 한마디에 다른 도인들은 모두 움직임을 멈췄다.

그때 네 명의 사내 중 날카로운 인상을 가진 사내가 입을 열었다.

"도장, 당신의 도명이 무엇이오?"

"무량수불…… . 옥로라고 하오이다."

"옥로? 어쩐지 다른 자들이 당신의 한마디에 모두 움직임을 멈춘다 했더니 그 이유가 있었군. 옥로 진인이라… 이거 우리가 운이 좋군."

"운이 좋다니, 그게 무슨…… ."

말이 채 끝나기도 전에 네 명의 사내가 자리를 박차고 일어나며 동시에 옥로 진인을 향해 거도를 휘둘렀다.

부웅!

갑작스러운 일격에 옥로 진인은 황급히 몸을 뒤로 날렸다.

콰지직!

네 명의 사내의 움직임에 주변에 있던 탁자들이 모두 산산조각이 되어 날아가 버렸다.

갑작스러운 싸움이었기에 객잔 안에 있던 사람들 모두 놀라 자리에서 벌떡 일어났다.

순간 넷 중 가장 어려 보이는 사내의 도가 번쩍이며 근방에 있던 장사꾼의 팔 한 쪽을 날려 버렸다.

"으악!"

팔이 잘린 장사꾼은 피를 흘리며 쓰러졌다.

그리고 잘린 팔을 들어 올린 사내의 두 눈에 흉흉한 살기가 감돈다.

"당장 꺼져! 남아 있는 놈들은 모두 죽여 버릴 테니까!"

"흐흐, 오랜만에 쓸 만한 놈의 피를 묻히겠군."

덩치가 커다란 사내가 즐겁다는 듯 웃으며 옥로 진인을 바라봤다. 간신히 공격을 피했지만 가슴 부분에 상처를 입은 옥로 진인의 표정이 좋지 않다.

가뜩이나 버거운 상대이거늘 부상까지 입었다.

표정이 구겨지는 것은 당연하다.

옥로 진인이 침중한 표정으로 입을 열었다.

"허어! 잔인하기 그지없구나. 네 자루의 거도……. 그리고 그 잔인한 손속. 분명 흑도사천(黑刀四天)이로군."

"알아주니 고맙다, 말코!"

나이가 가장 어려 보이는 사내가 버럭 고함을 질렀다.

흑도사천이라는 말에 객잔 안에서 놀란 채로 쭈뼛거리던 모든 사람들이 황급히 바깥으로 꽁무니를 빼기 시작했다. 그만큼 그 이름은 공포의 대상이었던 것이다.

사파에서도 위험한 인물로 손꼽히는 그들 흑도사천이 아니던가. 그 이름을 듣고 보통의 사람이라면 뒤도 안 보고 도망치는 것은 당연한 일이다.

옥로 진인이 표정을 굳혔다. 그가 알 수 없다는 듯이 입을 열었다.

"우리 청성파와 흑도사천은 아무런 원한이 없거늘……."

"돈. 누군가가 당신들을 죽여주면 돈을 준다더군. 그것도 어마어마할 정도의 돈을 말이오."

"돈이라니……."

"자세한 건 알 것 없고 그냥 편히 죽어주면 될 일!"

흑도사천의 한 사내가 더는 이야기 할 필요도 없다는 듯이 말을 잘라 버렸다.

상황을 살피던 당수호가 급히 당악에게 말했다.

"도와줘야 할 것 같습니다."

"물론 그래야지. 한데……. 우리가 개입한다 해도 승패는 이미 정해졌어. 해야 할 임무가 워낙 중대하니 쉽사리 움직일 수가 없구나."

"휴, 그렇군요."

청성파 도인의 숫자는 여섯이었다.

하지만 개중에서 옥로 진인을 빼고는 흑도사천의 공격을 받아낼 만한 인물이 없었다. 그리고 그건 이쪽도 마찬가지라 생각했다.

당수호나 당가연이 어찌 흑도사천과 견줄 수 있단 말인가.

비록 사파의 인물이지만 그들의 무공 실력만큼은 인정할 수밖에 없다.

그리고 당악 자신조차도 저 중 하나를 상대해서도 이길 자신이 없었다.

흑도사천은 개개인 모두가 일정 경지에 도달한 고수들이

다. 당악 자신과 당문의 무인들이 낀다 해도 상대가 되지 않을 게다.

불의(不義)를 보고 모른 척할 수도 없었지만 지금은 당문의 중요한 임무를 행하는 중이 아니던가. 그랬기에 당악은 섣불리 결단을 내릴 수가 없었다.

그렇게 심각한 당악과는 달리 설무린은 아직까지도 의자에 앉은 채로 호기심 가득한 눈으로 그쪽을 바라보고 있었다.

어느새 자리에서 일어난 북설은 설무린의 뒤편에 선 채로 전방을 응시했다.

그때였다.

여전히 자신이 벤 팔을 들고 있던 흑도사천 중 가장 어린 사내가 설무린 일행이 있는 쪽을 향해 고개를 돌렸다.

그리고는 어처구니가 없다는 듯이 말을 꺼냈다.

"너흰 뭐야? 왜 아직까지 안 나가고 있어? 죽고 싶어서 환장한 모양이지?"

당악은 마침내 올 게 왔다는 생각에 살짝 표정을 구겼다.

옥로 진인이 당악을 보고 만 것이다. 일이 이렇게 된 이상 대놓고 발을 뺄 수도 없는 상황. 점점 머리가 지끈거려 오기 시작한 것이다.

그런데 그런 당악의 옆에 있던 설무린이 갑자기 주변을 두리번거리기 시작했다. 그리고는 자신을 손가락으로 가리키며 대꾸했다.

"나한테 한 말이냐, 막둥이?"

"…뭐?"

"지금 죽고 싶어서 환장했냐는 말, 나한테 한 거냐고 물었는데."

"그 말 말고 또 그 뒤에 뭐라고 지껄였냐?"

"아, 막둥이? 왜 막둥이 같아서 막둥이라 했는데 무슨 잘못이라도 한 건가?"

설무린의 도발에 당악은 어처구니가 없었다.

그리고 당수호는 너무 놀라 숨이 막힐 지경이었다. 그가 거칠게 말했다.

"지금 도발을 해서 어쩌려는 겁니까! 상대는 흑도사천이란 말입니다!"

"아, 정말 하나하나 시끄럽고 짜증나네."

설무린의 의자에서 천천히 일어났다.

그는 가볍게 귀를 후벼 파는 듯한 행동을 취하며 앞에 있는 흑도사천들을 바라봤다. 그리고는 손가락으로 그들 하나하나씩 가리키며 말하기 시작했다.

"외팔, 실눈, 불곰, 막둥이."

흑도사천 개개인의 특징을 집어 설무린이 멋대로 이름을 붙여 버리자 그들의 얼굴색이 확 하고 변해 버렸다. 그리고 덩달아 당문의 인물들 또한 마찬가지였다.

흑도사천이 청성파와 무슨 원한이 있는지 모른다.

하지만 적어도 흑도사천과 사천당문은 아무런 원한이 없다. 그랬기에 가운데서 어느 정도 화해를 조율해 보고자 했거늘 그러한 계획이 물거품으로 사라져 버렸다.

설무린의 행동에 이미 분에 가득 찬 흑도사천이었다.

막둥이라 불린 사내가 덜덜 떨며 말했다.

"네놈이 감히 우리를 조롱해?"

"그럼 대체 어쩌라는 거야. 별호가 흑도사천이 뭐야, 흑도사천이. 한 명씩 부르려면 별수없는 것 아닌가?"

"하, 하하!"

사내가 크게 웃다가 갑자기 웃음을 멈췄다. 그리고는 낮게 깔린 목소리로 으르렁거리듯 말했다.

"걱정하지 마라. 그런 걱정하지 않게 해줄 테니. 네놈은 곧 세상을 떠날 거거든."

"누가 세상을 뜰지는 두고 보면 알 일이지, 멍청아."

"네놈이 감히!"

노한 사내가 버럭 소리를 지르는 순간 더는 안 되겠다 생각한 당악이 화급히 나섰다.

"그만들 하시는 게 어떻소."

"넌 또 뭐야?"

흑도사천 중 가장 어린 그가 같잖지도 않다는 표정으로 당악을 노려보며 말했다.

그러한 눈빛에 속이 뒤틀렸지만 당악은 애써 참으며 말을 이었다.

"당악이라고 하오."

"당악? 사천당문의 은침탈혼이로군."

웬만한 자들로서는 듣기만 해도 오금이 저리는 무게를 지닌 별호였거늘 그들에게는 그리 대수롭지 않은 듯했다.

그때 뒤쪽에 서 있던 거구의 사내가 나섰다.

"사천당문이라는 이름을 대면 살려줄 줄 알았나 보지? 흐흐! 형님, 이 기회에 같이 혼쭐 좀 내줍시다."

말을 마친 거구의 사내가 도를 든 채로 당악을 향해 한 걸음 다가오며 징그러운 미소를 지었다. 반쯤 꺼낸 혀로 입가를 적시며 그가 입을 열었다.

"그냥 갔으면 됐을 것을 괜히 사서 목숨을 버리는 어리석은 놈들."

쿵쿵!

워낙 덩치가 커서 그런지 한 걸음 한 걸음마다 땅이 울린다는 착각이 일었다. 흑도사천의 일인이 다가오자 당악을 비롯한 모두가 긴장한 기색이 역력했다.

그러자 이들 흑도사천의 우두머리로 보이는 날카로운 인상의 사내가 청성파의 인물들의 앞을 가로막으며 입을 열었다.

"청성파의 무리들은 나와 야한(野寒)이 맡는다. 당문 놈들은 능광(陵光)과 요지혼(曜蜘琿)이 상대해라."

"알겠소, 대형!"

거구의 사내가 기다렸다는 듯 대답했다.

가장 어려 보이는 사내가 설무린을 향해 기다렸다는 듯 이죽거렸다.

"대형의 명이 있으시니 이제 널 죽여도 되겠군. 살려달라고 빌어도… 이젠 늦었다, 애송이."

"네놈 이름이 요지혼이냐?"

설무린이 묻자 사내가 크게 고개를 끄덕이며 자신감 가능한 어투로 말했다.

"그렇다. 그게 왜 궁금하더냐?"

"아니, 별건 아니고. 그냥 내가 죽일 놈의 이름 정도는 알까 싶어서 물었지. 물론 오래 기억은 못할 테지만 말이야."

"뭐가 어째?"

요지혼이 바로 몸을 날려 손가락을 뻗었다.

손가락이 설무린의 목덜미를 노리고 날아들었다. 단단한 쇳덩이조차 종잇장처럼 찢어 버린다는 흑도사천의 넷째 요지혼의 금마수(金魔手)다.

'아뿔싸!'

당악은 다가오는 능광에 시선을 집중하느라 요지혼의 움직임을 놓쳐 버렸다. 가뜩이나 상대하기 힘든 고수였기에 뒤늦게 알아차린 당악으로서는 어떻게 할 수 있는 상황이 아니었던 것이다.

사천당문 전대 문주인 당가위의 명을 받았다.

둘을 반드시 당화화에게 데려다 주라고 말이다. 특히나 저 여인에게는 상처 하나 나면 안 되고 함부로 대하지도 말라고 몇 차례나 언급했다.

당가위가 그리 말할 정도라면 무엇인가 중요한 인물이라는 뜻.

목숨을 걸고 지켜야 했다.

하지만 너무 늦어버렸으니…….

끝이라고 생각한 것은 비단 당악뿐만이 아니었다. 북설을 제외한 이곳에 있는 모두가 설무린이 요지혼의 손을 막을 수 있을 거라 생각하지 않았다.

'흐흐!'

손가락과 목의 거리는 새끼손가락 반 마디조차도 남지 않았다.

요지혼은 이 건방진 젊은 놈의 목을 단숨에 찢어버릴 수 있을 거라 생각했다.

한데,

"헉!"

무엇인가가 요지혼의 손을 잡아챘다고 느끼는 순간 설무린의 주먹이 그대로 그의 안면을 강타했다.

퍼억!

누구라도 알 수 있을 정도로 많은 피를 안면에서 쏟아내며 요지혼이 볼품없이 땅에 처박혔다.

잔인한 미소를 지으며 당악에게 다가오던 능광의 얼굴에서 미소가 사라졌다. 외팔이사내 야한이라는 작자의 얼굴은 딱딱하게 굳었다.

흑도사천의 우두머리이자 대형인 사내에게서는 더더욱 한풍이 일기 시작했다.

그리고… 당문도, 청성파도 모두가 말을 잃고 멍하니 설무린을 바라보고 있었다.

땅에 처박힌 요지혼의 한쪽 팔을 여전히 잡은 채로 설무린이 주변을 한번 둘러봤다.

그리고는 대수롭지 않다는 듯 잡고 있던 손을 획 하니 놓아버렸다.

두 손을 가볍게 털며 설무린이 입을 열었다.

"한 명이 갔으니 이제 흑도삼천이라 불러야겠군. 아니면… 아예 그 이름을 없애고 싶나?"

천진난만한 표정을 지어 보이며 설무린이 아무렇지 않게 말을 내뱉었다.

그렇지만 흑도사천의 셋 중 그 누구도 표정을 쉬이 풀 수가 없었다. 그건 설무린의 발아래서 너무나 비참하게 나뒹굴고 있는 요지혼 때문이다.

요지혼은 흑도사천 중에서 가장 무공이 약하다.

거기다 상대를 얕보고 섣부르게 파고들었다가 변을 당했

다고 해도 단 일격에 나자빠졌다.

흑도사천의 다른 셋이 합공한다 해도 요지혼을 이처럼 단번에 끝내지는 못할 것이다. 그런데 지금 앞에 있는 생면부지의 사내는 너무나 수월하게 요지혼을 제압했다.

보통 놈이 아니다.

능광이 이를 갈며 물었다.

"사천당문에 너 같은 놈이 있다고 들은 적이 없다. 네놈은 누구냐?"

"그건 알 거 없고, 이놈이나 받아라!"

설무린은 그대로 요지혼을 걷어찼다.

앞에 서 있던 능광은 급히 요지혼을 받아냈지만 그 충격은 보통이 아니었다.

"허억!"

받아내는 순간 밀려드는 내력에 능광의 몸이 뒤로 열 발자국 이상 밀려났다. 간신히 멈추어 선 능광의 얼굴이 새빨갛게 변했다.

"감히……!"

곰처럼 커다란 덩치를 지닌 자신이 이처럼 밀려나간 모습이 꼴사납다 생각했는지 능광은 분노를 터뜨렸다.

그렇지만 능광의 노한 모습에도 설무린은 전혀 아랑곳하지 않았다.

흑도사천은 분명 고수였다.

사천당문에서도 제법 알아주는 당악조차 한 명을 상대하기 버거울 정도로 말이다.

하지만 흑도사천과 설무린은 급이 달랐다.

설무린의 무공 수준은 이미 중원에서 적수를 찾아보기 힘들 정도였다. 그런 그가 능광 정도 되는 무인의 행동에 위축될 턱이 없었다.

홍분해서 달려들려는 능광을 막아선 것은 흑도사천 중 첫째인 이세천(李世擅)이었다.

"멈춰라. 함부로 움직이지 마."

"형님! 막내가 당했는데 어찌……."

"멍청한 놈! 너 혼자서 상대가 될 성싶더냐?"

날카로운 인상의 이세천이 매섭게 쏘아보자 커다란 덩치의 능광이 쥐 죽은 듯 입을 닫았다.

앞뒤 안 보고 달려들려고 했지만 바보가 아니고서야 승산이 어느 쪽에 있는지는 안다.

이세천이 한기가 뚝뚝 떨어지는 까만 눈동자로 설무린을 응시했다.

흑도사천의 우두머리이자 사파 쪽에서도 알아주는 인물인 이세천.

그런 그조차 설무린을 앞에 두고는 섣부르게 움직이지 못하고 있다.

'위험해…….'

단 한 번도 손을 섞어보지 않았는데 문득 그런 생각이 든다.

위험한 냄새⋯⋯. 놈에게서 그런 냄새가 난다. 무림에서 제법 잔뼈가 굵은 이세천이다.

그런 그이기에 직감적으로 눈앞의 상대가 위험하다는 것을 느꼈다.

이세천이 침착하게 입을 열었다.

"이름은?"

"이거 오늘 왜 이렇게 나에 대해 묻는 사람이 많은지 모르겠군."

보일 듯 말 듯한 미소를 지으며 설무린이 대꾸했다.

행동 하나하나에 자신감이 넘쳐흐른다. 이세천은 그러한 작은 부분도 놓치지 않았다.

싸움에 앞서 여유가 있다는 것은 그만큼 무공이 빼어나고 경험이 풍부하다는 소리다.

"형님!"

뒤쪽에 있던 야한이 다급한 목소리로 외쳤다. 그제야 이세천은 뒤쪽을 돌아봤다. 뒤쪽으로 청성파의 무인들이 다가오고 있었다.

'젠장⋯⋯!'

청성파의 무인들을 상대하는 건 어렵지 않았다. 하지만 개중에 옥로 진인만큼은 쉽게만 생각할 수 없는 인물이다. 거기에 당문의 은침탈혼 당악도 있다.

무엇보다 문제는 역시나 바로 눈앞에 있는 저 젊은 사내였다.

정체조차 알 수 없었기에 섣부르게 결단을 내릴 수가 없었다.

이세천은 빠르게 상황을 파악했다. 지금 이대로 싸운다면 승패는 뻔했다.

괜한 죽음을 자초할 수는 없는 노릇이다.

더군다나 돈을 받고 나선 싸움에서 굳이 목숨을 버려야 할 필요가 없었다.

이세천이 빠르게 나머지 둘을 향해 눈짓을 했다.

야한과 능광이 빠르게 뒤쪽에 다가오는 청성파의 무인들을 향해 거도를 휘둘렀다.

조심스레 다가오던 청성파 무인들이 화들짝 놀라 뒤로 물러섰다. 그렇게 둘이 거리를 벌리는 사이 이세천이 설무린을 노려보며 말했다.

"언젠가 막내의 복수를 하러 오지. 마지막으로 묻는다. 네 놈의 이름은?"

"설무린."

"설무린?"

이세천이 갸웃하는 사이 설무린이 피식 웃으며 말했다.

"나에게 복수를 하고 싶다면 북해로 와야 할 거다."

"…큭, 큭큭!"

이세천이 웃음을 터뜨렸다.

유쾌해서 웃는 웃음이 아니다.

북해로 오라는 그 한마디 말에 상대의 정체를 알아버렸던 것이다.

북해 소궁주였다.

최근 중원의 화젯거리인 북해 소궁주 설무린. 그 작자가 바로 이 사내였던 것이다. 요지혼이 단숨에 쓰러진 이유를 이제는 알 것 같다.

이세천이 웃음을 멈췄다.

"상대를 잘못 골랐었군."

"이제라도 알았다니 다행이군."

"복수는 포기하지."

"왜? 실력을 쌓아서라도 달려들 줄 알았는데?"

"나는 바보가 아니거든. 북해 소궁주를 건드릴 생각은 없다. 이만 우리는 가려고 하는데… 막을 것인가?"

설무린이 고개를 저었다.

굳이 막을 생각도 없다. 자신을 죽이려 달려든 자들도 아니지 않은가.

지금 하는 말도 거짓 같지 않다.

아마 이들은 다시금 설무린 앞에 모습을 드러내지 않을 것이다. 그런 자들을 상대로 굳이 끝까지 싸울 필요가 어디 있겠는가.

"고맙다."

말을 마친 이세천이 몸을 날렸다. 그리고 그 뒤를 지키고 있던 다른 자들도 객잔 밖으로 사라졌다.

잠깐 동안 폭풍이 이는 것마냥 소란스러웠던 객잔이 고요해졌다.

상황이 진정되자 옥로 진인이 다가와 먼저 인사를 건넸다.

"시주께 감사드립니다. 덕분에 적은 피를 보고 끝낼 수 있었던 듯싶소이다."

"굳이 도우려 나선 건 아닌데 도움이 됐다니 송구하군요."

설무린이 엉망이 된 객잔 안을 둘러보며 말했다. 몸을 숨기고 있던 객잔 주인과 점소이들도 모습을 드러내며 깊은 한숨을 내쉬었다.

상황이 그랬기에 설무린은 어쩔 수 없다는 듯이 다른 일행을 바라보며 말했다.

"우리는 올라가는 게 나을 것 같은데요. 이야기는 올라가서 하지요."

"…그렇게 하는 게 좋겠군."

당악이 설무린을 가만히 바라보다 대답했다.

설무린의 정체가 범상치 않을 거라고는 생각했지만 북해소궁주일 거라고는 추측도 하지 못했다.

평소 설무린을 고깝게 보던 당수호는 아무런 말도 하지 못하고 멍하니 그를 바라만 볼뿐이었다.

객잔을 벗어난 흑도사천은 급히 마을의 바깥으로 빠져나
갔다.

아직까지 혼절한 요지혼은 능광이 들쳐 엎은 상태였다.

요지혼을 엎은 채로 능광이 분한 듯 말했다.

"젠장! 이게 무슨 꼴인지……!"

"됐다. 오히려 북해 소궁주를 만나고 이 정도면 다행이다."

이세천은 진심으로 그리 생각했다.

북해 소궁주는 위험한 인물이다. 그 존재 자체로도 위험하
지만 그의 뒤에는 북해빙궁이 있다. 섣부르게 손을 댔다가는
뒤를 감당할 수 없었을 게다.

이세천은 그 말을 끝으로 어딘가를 향해 묵묵히 걸었다.

그리고 그 뒤를 다른 이들이 쫓았다.

인적이 드문 길에 들어선 흑도사천은 커다란 나무 앞에 서
서 멈추어 섰다.

이세천이 주변을 살피며 입을 열었다.

"우리가 왔소."

흑도사천을 제하고는 그림자 하나 보이지 않거늘 이세천
은 누군가를 향해 말을 걸었다. 그때 아무도 없던 나무 앞에
한 노인의 모습이 나타났다.

갑작스러운 등장에도 흑도사천은 별로 놀라지 않는 기색
이다.

그들이 말을 건 상대가 바로 이 노인이었기 때문이다.

모습을 드러낸 노인은 커다란 검은 상자를 짊어지고 있었다. 노인의 두 눈에서 시퍼런 안광이 쏟아져 나왔다.

노인에게 다가선 이세천이 다소 떨떠름하게 이야기를 꺼냈다.

"청부대로 청성파 놈들을 죽이려 했는데 방해로 인해 실패했소."

그랬다.

바로 이 노인이 흑도사천에게 청성파 무인들을 죽이라는 청부를 내린 자였던 것이다.

실패를 했다는 말에 노인이 대수롭지 않게 대꾸했다.

"알고 있다."

"알고 있다니… 그게 무슨 말이오?"

"보고 있었거든. 네놈들이 설무린에게 조롱당하는 것도 모두 보았지."

"뭐요?"

이세천의 표정이 구겨졌다.

노인의 말투가 하나하나 모두 신경을 거스르게 한다. 그리고 그런 것은 비단 이세천뿐만이 아니었다.

야한이 거도를 만지면서 슬쩍 앞으로 다가왔다.

"노인장, 말이 심한 듯한데……."

"크크! 설마 네놈 나에게 덤벼보겠다는 건 아니겠지?"

노인은 우습다는 듯 야한을 바라보며 말했다. 그 모습에 참고 있던 능광도 화를 터뜨렸다.

"이 영감탱이가 관에 드러눕고 싶어 환장했나, 뭘 믿고 이리 설치는 거야?"

쓰러진 요지혼을 제외하고 우락부락한 사내 셋이 눈을 부라리고 있거늘 노인은 미동조차 않는다. 오히려 입가에 가벼운 미소를 머금은 노인이 자신이 짊어지고 있던 검은 상자에 손을 가져다 댔다.

검은 상자를 쓰다듬던 노인이 미소를 머금으며 말했다.

"뭐, 애초부터 네놈들을 살려줄 생각은 없었으니까."

"뭐가 어쩌고……!"

막 나섰던 능광의 몸이 순식간에 세 등분으로 잘렸다. 눈에 보이지도 않았다. 그저 하얀 빛이 번쩍였을 뿐이거늘 거구인 능광의 몸이 세 토막이 나버렸다.

더불어 능광의 등에 업혀 있던 요지혼도 함께 몸이 잘려 버렸다.

"이, 이게 무슨!"

놀라 외치던 야한의 눈이 다급히 노인에게로 향했다.

노인은 장창 한 자루를 든 채로 의연하게 서서 그들을 응시하고 있었다.

"덤벼보거라."

"감히!"

야한의 두 눈동자가 붉게 물들었다.

잔혹하게 잘려 나뒹굴고 있는 능광과 요지혼의 시신을 보니 눈이 획 하고 돌아갈 수밖에 없었다. 하지만 야한 또한 그들과 마찬가지였다.

차라랑!

창이 한 바퀴 도는 순간 그 또한 거도와 함께 반으로 갈라져 버렸다.

털썩.

야한이 쓰러졌다.

유일하게 남은 이세천은 너무나 급작스럽게 벌어진 이 일이 아직도 쉬이 믿어지지 않는 듯했다.

이세천은 쓰러진 세 명의 동생을 안타깝게 바라보다 시선을 돌렸다.

장창을 든 채로 노인이 이세천을 바라보고 있었다.

"…처음부터 이럴 생각이었나?"

"물론. 네놈들은 날 봤다. 그러니 애초부터 죽어줘야 할 운명이었지."

"지독하군."

"뭐라고 해도 상관없다, 난 내 할 일을 하는 것뿐이니."

노인이 들고 있는 장창에서 절로 사람의 몸이 움츠러들게 만드는 요기(妖氣)가 흘러나왔다.

이세천은 죽어 쓰러진 세 명의 동생을 바라봤다.

흑도사천이라는 쟁쟁한 위명에 어울리지 않는 비참한 죽음이었다.

'왜 몰랐을까.'

처음 이 노인을 만났을 때부터 알아야 했다.

전혀 정체를 알 수 없는 노인은 거액을 주며 객잔으로 들어가 청성파의 무리를 죽여달라고 했다.

흑도사천에게 청성파 무인 몇 정도 손봐주는 건 일도 아니었다.

그토록 쉬운 일에 이 같은 어마어마한 돈이라니…….

그때 알았어야 했다.

매혹적이었던 만큼 위험도 감수해야 한다는 것을.

이세천은 자신이 죽을 거라는 걸 알았다. 아무리 발버둥쳐도 이 노인의 손에서 벗어날 수 없다는 사실을 너무도 잘 알았기에 이세천은 오히려 담담했다.

죽음이 너무도 당연스럽게 다가온다.

이세천이 물었다.

"애초부터… 청성파의 무인들을 노린 게 아니었나?"

"제법 눈치가 빠르군. 그깟 놈들은 처음부터 관심도 없었다."

"그렇다면 역시 목표는 북해 소궁주였군."

"그래. 너희들은 설무린의 이름을 듣기가 무섭게 꽁지 빠지게 도망치더군. 흑도사천과 놈이 싸우게 해 무공이 어느 정도인지 보려 했거늘……. 너희들은 별 도움이 안됐다.”

노인이 입맛을 다셨다.

아쉽다는 듯한 행동에 이세천이 이를 악물었다.

흑도사천을 고작 그런 용도로 쓰고 폐기 처분을 하겠다는 소리가 아닌가.

노인의 눈에는 자신들이 겨우 그 정도였단 말이다.

이세천이 도를 꺼내 들었다.

그 모습에 노인이 재미있다는 듯 혀를 차며 말했다.

“쯧쯧! 싸워보겠다는 게냐?”

“상대가 안 된다는 건 알지만 그래도 상처 하나 남기지 못하고 지옥에 간다면 동생들 볼 낯이 없지 않겠느냐.”

“클클, 괜히 고생을 자초하는구나.”

거도를 뽑아 든 이세천의 표정이 사뭇 진지하다. 그에 반해 장창을 든 노인의 표정에는 장난기가 가득하다.

“오거라.”

장창에서 묵빛의 기류가 형성되며 허공을 수놓기 시작했다.

그 모습을 바라보던 이세천이 마음을 굳게 다잡고 자신의 손에 들린 거도를 움직였다.

“파천용왕도(破天龍王刀)!”

뻗어낸 도에서 분노한 이세천의 힘이 물결처럼 쏟아져 나왔다.

집채만 한 바위도 단숨에 가루로 만들 것만 같은 박력이었
지만……

"쯧, 애송이."

파악!

검은 창은 그대로 이세천의 힘을 반으로 가르며 그의 심장
을 관통해 버렸다.

뒤로 몇 걸음 주춤거리며 물러서던 이세천의 몸이 뒤로 천
천히 쓰러졌다. 쓰러진 이세천에게 다가온 노인은 아무런 감
흥 없는 표정으로 창을 뽑았다.

피가 묻은 창을 가볍게 턴 노인이 중얼거렸다.

"이런, 피를 묻혀서 미안하구나. 하지만 곧 최고의 피를 먹
게 해주마."

우웅!

마치 대답이라도 하는 듯이 창대가 떨린다.

노인이 픽 하고 웃었다. 그리고는 말없이 창을 다시금 검은
상자 안에 집어넣었다.

노인은 마을이 있는 쪽을 바라봤다.

비록 흑도사천과 설무린이 제대로 싸우지는 않았다 하지
만 아무것도 보지 못한 건 아니다.

단 일격.

요지혼을 제압했던 단 일격뿐이었지만 그것만으로도 큰
도움이 됐다.

‘역시 우리가 파악한 수준이 아니로군.’

흑도사천의 요지혼을 단숨에 제압했다. 마치 어린아이 가지고 놀 듯이 말이다. 그리고 다른 셋을 앞에 두고도 전혀 흔들리지 않는 모습.

노인이 가만히 서 있다가 입을 열었다.

“준비는?”

스윽.

노인의 뒤로 한 사내가 모습을 드러냈다. 부복을 한 채로 사내가 고개를 조아렸다.

“준비는 끝났습니다, 천회주님.”

노인의 정체는 바로 벽력궁의 천회주였다. 천회주가 설무린의 뒤를 잡았던 것이다.

서장과 사천은 붙어 있었기에 이곳까지 오는 것에 많은 시간이 소요되지 않았다.

천회주는 수하를 바라보며 말했다.

“좋아. 그럼 내가 놈의 움직임을 파악하지. 너는 명령을 기다려라.”

“회주님, 그런 건 제가…….”

“네놈이? 쯧쯧, 그러니 넌 아직 멀었다는 소리를 듣는 게야. 상대의 실력을 그리 몰라서야……. 나조차도 설무린 그놈의 반경 오 장 안에 들어서지 못했다. 그런데 네놈이 그런 설무린의 뒤를 쫓겠다고?”

"그, 그럴 수가……!"

"그런데도 해보겠느냐?"

"아닙니다. 제가 실언을 했습니다."

"알았으면 됐다."

그것은 실로 천회주의 수하에게는 놀라운 일이었다.

수하뿐만이 아니라 천회주 자신 또한 그러한 사실에 무척이나 놀랐었다. 계속해서 쫓았지만 오 장 안으로 들어섰다가는 자신의 존재를 들킬 수도 있다는 판단이 섰다.

천회주가 차갑게 말했다.

"너는 명을 기다려라. 설무린은 내가 쫓는다."

"존명(尊命)!"

명을 받들겠다고 외친 사내가 모습을 감췄다.

천회주는 발걸음을 옮기기 시작했다.

한 걸음씩 마을로 다가가는 천회주의 얼굴이 흥분으로 인해 붉게 상기됐다.

'기다려라. 곧… 최고의 피를 먹게 될 테니.'

第七章

독접(毒蝶)

객잔에서 하루를 푹 쉰 설무린 일행은 날이 밝기가 무섭게 발걸음을 옮겼다.

어제 일 때문에 밤새 객잔에 이런저런 소란들이 일었지만 설무린은 편안한 잠자리 덕분인지 개운한 표정이었다.

거기다 오늘이면 당화화를 만나게 될 거라는 기대감도 있었다.

당화화가 해약을 만들 수 있다 확신할 수는 없지만 그 어느 때보다 더 가능성에 다가가는 기분이 들었기 때문이다.

청성산은 이야기로 듣던 대로 빼어난 절경을 지닌 명산(名山)이었다.

제법 거친 산세였지만 당악을 필두로 일행은 빠르게 움직였다.

반나절가량을 거의 쉬지도 않고 움직이다 잠시 숨을 고르기 위해 나무 아래에 자리를 잡았다.

나무에 걸터앉은 설무린이 멀찍이 서 있는 당악을 향해 소리쳤다.

"아직 멀었습니까?"

"코앞이야. 하지만 제법 시간이 걸릴 게야. 한 시진 정도?"

"코앞인데 시간이 그리 걸립니까?"

"진법이 있네. 제법 복잡하고 지나가는데 시간이 걸리거든."

당화화가 세상에 드러나지 않은 결정적인 이유였다. 당화화의 거처는 진법의 보호를 받고 있다. 그 때문에 아무나 쉽게 그녀를 만날 수 없었던 것이다.

반 각가량 숨을 돌리던 당악이 먼저 자리에서 움직였다.

어느 정도 더 산을 오르던 당악이 발을 멈췄다. 자리에 멈추어 선 당악이 뒤를 돌아봤다.

뒤쪽에 있는 당문의 두 젊은 무인에게 당악이 말했다.

"너희들은 이곳에서 기다리도록 해라."

"알겠습니다."

당수호와 당가연이 멀찌감치 물러섰다.

이곳은 허락받지 않은 자들을 들어갈 수 없는 구역이기에 당악은 사천당문의 두 젊은 독인을 물러서게 한 것이다.

당악이 자신의 뒤쪽에 서 있는 설무린과 북설을 향해 진지하게 말했다.

"내 발자국을 그대로 밟고 따라오게. 한 번이라도 헛디디면 귀찮아질 테니까."

"그러죠."

당악이 조심스럽게 첫 발걸음을 내딛었다.

그리고 설무린과 북설 또한 당악의 뒤를 쫓았다. 당악의 발걸음을 따라 몇 걸음 걷자 주변의 전경이 거짓말처럼 확확 변하기 시작했다.

땅이 흔들리는 듯한 착각에 절로 균형을 잃을 것도 같다.

"긴장들 하게! 구궁연환기문진일세!"

조심하라는 의미로 당악이 소리쳤다.

구궁연환기문진(九宮連環奇門陣).

길을 모른다면 쉬이 들어올 수 없는 진법이다. 이 진법 안에 바로 당화화가 있다.

'왜 당악을 딸려 보냈는지 알겠군.'

비단 길을 안내하기 위해서만이 아니다.

구궁연환기문진은 살생이 목적이 아니지만, 그 변화만큼은 무궁무진하다. 멋모르고 들어왔다가는 몇 날 며칠을 헤맬지 모르는 일이다.

제법 복잡했지만 당악은 능숙하게 한 걸음 한 걸음 움직여 갔다.

한참을 걷던 당악이 마침내 발을 멈추었다.

그가 깊은숨을 내쉬었다.

"후우⋯⋯."

익숙한 길이라고는 했지만 심력의 소모가 보통이 아니었던 모양이다.

온몸이 땀투성이가 된 당악이 이마를 닦아냈다.

"다 온 겁니까?"

뒤쪽에 있던 설무린이 당악의 옆에 와서 서며 말했다.

그러자 당악이 고개를 끄덕이며 손가락으로 전방을 가리켰다. 설무린의 눈이 저절로 당악의 손가락이 가리키는 곳으로 향했다.

"저곳으로 가면 계실 게야."

"같이 안 가십니까?"

"자네들이 독접 어르신과 나눠야 하는 대화는 일급 비밀이라고 하셨네. 나도 들을 수 없는 일이지."

전대 장문인인 당가위가 사전에 당악에게 언급을 해둔 모양이다.

설무린 또한 흡혈잠마지독에 대해 많은 사람에게 알려지는 것을 바라지 않았다.

"그럼 저희 둘이 다녀오지요."

"이곳에서 기다리겠네."

설무린은 북설을 바라봤다.

"가자."

"예, 소궁주님."

이제는 설무린의 정체가 밝혀졌기에 북설은 서슴없이 소궁주라는 칭호를 사용했다.

설무린과 북설은 나란히 서서 당악이 가리켰던 방향을 향해 걸었다.

그곳에는 낡아 보이는 초옥 하나가 자리하고 있었다.

가까이 다가간 초옥 안에서는 정체를 알 수 없는 쾌쾌한 냄새가 풍겼다.

무엇인가를 만들고 있는 모양이다.

막 초옥 가까이 도착한 설무린과 북설이 갑자기 멈추었다.

파라락!

날카로운 파공음과 함께 몇 자루의 비도가 날아들었다.

발 앞쪽에 비도가 틀어박혔거늘 설무린은 꿈쩍도 하지 않았다.

애초부터 비도가 날아드는 것을 알고 있었다.

하지만 그 비도가 살기를 지니고 있지 않았기에 설무린은 전혀 미동도 하지 않았던 것이다.

설무린은 땅에 박힌 비도를 한번 바라보고는 어깨를 으쓱하며 말했다.

"환영 방법이 참 독특하시군요."

"이곳은 외인(外人)이 함부로 드나들 수 있는 곳이 아니다. 돌아가거라."

목소리가 들려온 곳은 다름 아닌 바로 초옥의 지붕 위였다. 설무린이 고개를 들어 올려 초옥 위를 쳐다봤다. 지붕 위에 중년의 여인 하나가 모습을 드러냈다.

얼핏 봤을 때는 사십대 중반 정도의 외모. 하지만 만약 눈앞에 있는 이 여인이 설무린이 만나러 온 인물이 맞다면 실제 나이는 그 배 이상일 것이다.

설무린이 포권을 취했다.

"독접(毒蝶)이십니까?"

"날 알고도 들어온 게로군. 내가 이곳에 있는 것을 누가 가르쳐 준 것이냐?"

"독왕 어르신이 가르쳐 주셔서 왔습니다."

"쯧! 당가위 그놈……. 아예 동네방네 소문을 내고 다니는 모양이구나."

휘리릭!

말을 마친 당화화가 초옥 아래로 뛰어내렸다.

그녀의 붉은 옷자락이 사방으로 휘날렸다. 한 마리의 아름다운 나비처럼 그녀가 땅에 내려섰다.

왜 당화화의 별호에 나비를 뜻하는 접(蝶) 자가 들어 있는지 알 것만 같았다.

땅에 내려선 당화화는 설무린과 북설은 안중에도 두지 않으며 초옥 안에 들어섰다.

그 뒤를 설무린과 북설이 쫓았다.

안에 들어선 당화화는 끓고 있는 커다란 석정(石鼎:돌솥)을 살폈다.

뚜껑을 여는 순간 독했던 냄새는 더더욱 진해져 사방으로 퍼졌다. 절로 인상이 구겨질 만도 하련만 설무린과 북설 모두 표정 하나 바꾸지 않았다.

슬쩍 곁눈질로 그 모습을 본 당화화는 내심 감탄했다.

독에 익숙하지 않고서야 이런 냄새에 민감하게 반응하는 것은 당연했다.

그런데 이 두 젊은 남녀는 전혀 그러지 않았다.

석정 안을 살피며 당화화가 퉁명스레 말했다.

"그래, 왜 당가위를 통해 날 찾아왔느냐? 당가위 그놈이 내가 있는 곳을 가르쳐 준 것을 보아하니 뭔가 중요한 일이 있는 모양인데……."

설무린이 기다렸다는 듯이 말을 꺼냈다.

"한 가지 여쭈고 싶은 게 있어서 찾아왔습니다."

"물어볼게 있으면 뜸들이지 말고 빨리해라. 난 그리 시간이 많은 사람이 아니거든."

아무렇지 않게 커다란 나뭇가지로 석정 안을 휘휘 저으며 당화화가 대답했다. 그리고 그런 그녀의 뒤에 서 있던 설무린이 입을 열었다.

"흡혈잠마지독 때문에 찾아왔습니다."

"……."

당화화의 손이 멈추었다.

나뭇가지를 든 채로 당화화는 석상(石像)이라도 된 것마냥 딱딱하게 굳어버렸다. 독접 당화화가 떨리는 목소리로 입을 열었다.

"지금 뭐라고 했느냐. 흡혈잠마지독?"

"그렇습니다."

설무린이 당화화를 향해 포권을 취했다.

"제 소개부터 하지요. 북해빙궁 소궁주 설무린이라고 합니다. 그리고 이 아이는 제 그림자무사인 북설이라고 하지요."

"북해빙궁 소궁주?"

예상외의 신분에 당화화가 눈꼬리를 살며시 들어 올렸다.

당화화 또한 사천당문의 일을 알고 있는 여인이다.

당가위가 북해빙궁에 어떠한 감정을 지니고 있는지도 잘 안다.

그런 당가위가 북해빙궁의 소궁주를 이렇게 당화화 자신에게 보냈다는 사실이 의문스러웠다. 당화화가 아는 당가위는 무슨 일이 있어도 북해빙궁을 돕지 않았을 것이다.

알 수 없는 일이다.

"그놈이 북해빙궁을 돕다니……. 이상하군. 아니지. 지금 중요한 건 그게 아니야. 네놈은 지금 흡혈잠마지독에 대해 말했다. 그렇지?"

"그랬지요."

"자, 말해봐라. 갑자기 흡혈잠마지독에 대한 말을 꺼낸 이유가 무엇이냐? 혹시……."

"그 혹시가 맞을 듯싶군요."

설무린이 품속에 있는 병 하나를 꺼내었다.

두 차례나 다른 이에게 전해준 적이 있었던 설군표의 피다, 이미 딱딱하게 굳어버린.

당화화가 손가락을 들어 올려 병을 가리켰다.

들어 올린 당화화의 손가락이 떨렸다.

"그, 그건……. 흡혈잠마지독이더냐?"

"정확히 말씀드리자면 흡혈잠마지독에 당한 분의 피죠."

"그게 그거 아니더냐!"

당화화가 버럭 소리를 질렀다.

스스로 소리를 지르고도 알지 못할 정도로 지금 당화화는 흥분한 상태였다.

그도 그럴 것이 당화화는 평생을 흡혈잠마지독에 매달린 독인이다. 그런 당화화였지만 실제로 흡혈잠마지독을 보는 것은 이번이 처음이다.

떨리는 것은 당연했다.

설무린에게서 병을 건네받은 당화화는 여전히 떨리는 마

음을 감추지 못했다.

당화화는 혼자 중얼거렸다.

“평생 직접 보지 못할 거라 생각했거늘…….”

당화화는 흡혈잠마지독에 미쳤던 여인이다.

그리고 지금도 마찬가지다.

평생을 흡혈잠마지독만을 쫓았다. 직접 남만으로 가서 보낸 시간만 해도 삼십 년이 훌쩍 넘는다.

병을 바라보며 떨고 있는 당화화를 보며 설무린이 물었다.

“해약을 부탁하고 싶어서 왔습니다.”

“뭐?”

당화화가 넋을 잃고 있느라 듣지 못하고는 반문했다. 설무린이 조금 더 목소리를 높이고 말했다.

“해약을 부탁하러 왔습니다.”

“흡혈잠마지독의 해약을?”

“그게 아니면 왜 이 병을 들고 독접을 찾아뵈었겠습니까?”

“거, 것도 그렇지. 이런 내가 정신이 좀 없군.”

평생의 숙원이었던 흡혈잠마지독을 직접 대하면서 자신도 모르게 횡설수설한다 생각했는지 당화화가 어색한 미소를 지어 보였다.

설무린이 그런 당화화에게 다시 한 번 물었다.

“가능하겠습니까?”

“…….”

가능하겠냐는 말에 들떠 있던 당화화의 표정이 차갑게 식었다. 당화화는 아무런 말이 없다. 그리고 그러한 모습을 설무린은 내심 불안한 마음으로 바라봤다.

당화화가 마지막이다.

그녀가 할 수 없다면 남은 답은 남만으로 가는 길밖에 없다. 물론 남만으로 간다고 해서 뾰족한 수가 있는 것은 아니다. 아무런 것도 없이 무작정 이리저리 들쑤시고 다니는 수밖에 없는 상황이다.

한참을 침묵하던 당화화가 고개를 저었다.

그 모습에 설무린의 가슴은 순식간에 식어버렸다.

설무린이 착잡한 어조로 입을 열었다.

"…불가능하군요."

"내가 고개를 저은 것은 불가능하다고 생각해서가 아니다!"

"그럼?"

"쯧쯧! 애초부터 질문이 잘못됐다고 말하는 거다. 해보지 않고서는 확실하게 대답해 주기 어렵다. 흡혈잠마지독은 쉬운 독이 아니니까. 하지만 한 가지 말해주지."

당화화가 병을 품속에 집어넣었다.

그리고는 이글거리는 눈동자로 설무린을 응시했다. 당화화의 얼굴에는 자신감이 가득했다.

"내가 못 만들면 천하에 이 독의 해약을 만들 수 있는 놈은 없다. 그건 내가 장담하지."

확실하게 만들 수 있다고 말한 것은 아니다. 그럼에도 불구하고 당화화의 모습을 보고 있으니 오히려 해약을 만들 수 있다고 말한 것보다 더한 믿음이 갔다.

설무린은 이 여인이라면 할 수 있을 것만 같다는 생각이 들었다.

"언제쯤 찾아오면 될 것 같습니까?"

"짧으면 한 달. 길면 일 년."

한 달이면 몰라도 일 년은 결코 짧지 않은 시간이다. 그렇지만 설무린은 고개를 끄덕였다. 흡혈잠마지독은 천하에서 해약을 찾을 수 없는 극악한 독이다.

일 년 안에 해약을 구하는 것만 해도 어디인가.

아직 설군표의 숨이 붙어 있을 수 있는 시간까지는 제법 여유가 있다.

"해약을 만들게 되면 내가 사천당문으로 찾아가지."

"사천당문으로 말입니까?"

설무린이 표정을 구겼다.

설무린으로서는 길면 일 년이 넘는 시간을 당가위와 보낸다는 사실이 못내 끔찍했던 모양이다.

그런 설무린을 보며 당화화가 당연하다는 듯 말했다.

"그럼 어디서 보낼래? 이곳에서 사천당문은 멀지도 않고, 내가 찾아가기도 쉽지 않더냐."

“뭐, 그렇긴 합니다만……. 쩝.”

“요놈! 아무래도 당가위 때문인가 보구나? 하기야 그놈이 북해빙궁이라고 하면 이를 갈지. 그래도 신기하구나. 놈이 내가 있는 곳을 말해주는 걸 보니 네가 제법 맘에 든 모양이다.”

“큭! 그 무슨 끔찍한 소리를. 저 때문이 아닙니다.”

설무린이 화들짝 놀라는 시늉을 하며 말했다.

무엇을 했다고 당가위가 설무린 자신을 좋아하겠는가. 처음 정체를 안 순간부터 죽일 듯이 덤벼들던 당가위였다.

북설이 아니었다면 이처럼 당화화를 만나는 것조차 불가능했을 게다.

당화화는 자신 때문이 아니라는 설무린의 말에 묘한 표정을 지어 보였다. 그녀가 물었다.

“너 때문이 아니라니?”

“뭐 좀 복잡합니다만…….”

“그래? 그렇다면 굳이 물을 생각은 없다.”

당화화는 사천당문의 일에 개입하지 않는다.

그녀의 나이가 벌써 백 세에 가깝다. 세상에서 지워진 이름인 당화화는 이곳에서 여생을 흡혈잠마지독의 해약을 찾기 위해 보내고 있었다.

세상사에 관심이 없는 당화화였기에 어떠한 일이 벌어졌는지 전혀 궁금해하지 않았다. 또한 설무린의 입장에서도 굳이 사천당문과 북설의 관계에 대해 이러쿵저러쿵 이야기하지 않는 게 편했다.

설무린이 다시 한 번 포권을 취했다.

"그럼 후배는 이만 물러나지요."

"그래. 한동안은 해약을 만드느라 무척 바쁠 테니 내가 갈 때까지 찾아오지 말거라."

"부탁드립니다."

"오냐."

당화화가 고개를 끄덕였다.

설무린은 그대로 몸을 돌렸다. 북설이 그런 그를 따라 걸었다.

당악이 있는 곳으로 걷는 설무린의 표정이 밝다. 그리고 그런 설무린 때문인지 북설 또한 한결 가벼운 얼굴이다.

설무린이 옆에 있는 북설을 바라보며 들뜬 목소리로 말을 걸었다.

"사천당문에 가길 잘한 것 같구나."

"꼭 해약을 만들었으면 좋겠습니다."

"그래. 꼭 그래야지."

머나먼 여정이었다.

북해를 떠나 거의 중원을 한 바퀴 돌아 사천에 이르렀다. 그리고 결국 이곳에서 흡혈잠마지독의 해약에 가장 가까이 다가갈 수 있었다.

구궁연환기문진을 뚫고 들어왔던 입구에 이르자 잠시 자

리에 앉아 쉬고 있던 당악이 모습을 드러냈다.

설무린과 북설에게 다가온 당악이 말을 걸었다.

"일은 잘되었나 보군."

"보지도 않고 어찌 아십니까?"

"표정이 밝으니 알 수밖에."

설무린이 멋쩍은 미소를 지어 보였다. 들뜬 탓인지 평소와 다르게 감정을 숨기지 못한 모양이다.

"일이 끝났으면 다시 날 따라오게."

말을 마친 당악이 다시금 진법 안으로 움직였다.

그리고 익숙한 발걸음으로 설무린과 북설 또한 진법 속으로 들어섰다.

수많은 변화가 내포된 구궁연환기문진이었지만 당악 덕분에 어렵지 않게 진법을 빠져나올 수 있었다. 구궁연환기문진을 빠져나오자 익숙한 얼굴들이 보였다.

"오셨습니까?"

당수호가 반갑게 당악을 맞았다.

당악은 그런 당수호의 인사를 듣는 둥 마는 둥 하며 손을 내밀었다. 당수호가 그 손의 의미를 몰라 갸우뚱하자 당악이 퉁명스레 말했다.

"물!"

"아, 여기 있습니다."

수통을 받아 든 당악이 거칠게 뚜껑을 따고는 안에 있는 물을 벌컥벌컥 마셨다. 물을 다 마신 당악은 땀을 닦아내며 수통을 내밀었다.

설무린이 가볍게 손을 저었다.

"사양하죠."

옷을 땀으로 적신 당악과 달리 설무린과 북설은 단 한 방울의 땀도 흘리지 않았다. 둘이 익힌 내공 심법이 극음의 기운을 담고 있기 때문이다.

간단하게 땀을 식힌 당악이 설무린과 북설을 바라보며 물었다.

"이제 우리는 사천당문으로 돌아갈 생각인데……. 자네들은 어떻게 할 것인가?"

"저희도 물론 사천당문으로 가야지요. 일이 있어서 그곳에서 제법 지내야 할 것 같습니다."

"그런가? 그럼 가는 길도 내 안내하지."

당악이 고개를 끄덕이며 대꾸했다.

청성산을 오르고 당화화를 만나느라 벌써 시간이 흘러 해는 어느덧 서산에 걸렸다.

해의 위치를 살피던 당악이 어쩔 수 없다는 듯 혀를 찼다.

"근처에 자리를 잡아야겠는데."

"제가 좋은 곳을 봐놨습니다."

기다렸다는 듯 당수호가 대답했다.

세 명이 진법 안으로 들어가 있는 동안 당수호와 당가연은 주변을 탐색했었다. 그러던 중 괜찮은 장소를 봤던 것이 퍼뜩 기억이 난 것이다.

잘됐다는 듯 당악이 말했다.

"그래? 안내해 보거라."

"저쪽입니다."

당수호가 선뜻 앞으로 나서서 걸어가기 시작했다.

그가 말한 장소는 진법이 펼쳐진 곳에서 일각 정도 걸어 도착할 수 있는 곳이었다.

당수호가 안내한 곳에 도착한 당악이 주변을 한번 휘둘러 봤다. 바람을 막아줄 만한 나무들도 많고, 또 중앙에 자리를 잡을 만한 공터도 있다.

괜찮다고 생각했는지 당악이 고개를 끄덕였다.

"괜찮군."

"그럼 이곳에 짐을 풀까요?"

"그렇게 하자."

당악의 대답이 떨어지자 얼마 되지 않지만 대충이나마 짐을 풀었다. 그리고는 땔감이 될 만한 나무들을 구하러 모습을 감췄다.

혹시나 해서 비상용으로 가져온 마른 고기를 꺼내 식사 준비를 마칠 무렵 사라졌던 당수호도 모습을 드러냈다.

한 아름 가져온 땔감은 금세 불꽃에 휩싸였다.

타닥타닥.

산의 밤은 순식간에 찾아온다.

타오르는 불꽃만이 어두운 산중을 환하게 밝혔다. 나무 둥지에 몸을 기댄 채로 설무린은 눈을 감고 있었다.

눈은 감고 있지만 잠에 빠져 든 것은 아니다.

설무린의 지척에 북설이 있다. 그녀 또한 잠에 들지 않고 있었다.

장작 근처에 앉은 당악은 긴 나뭇가지로 불꽃이 죽지 않게 휘젓고 있었고, 당수호와 당가연은 금세 곯아떨어졌다.

모두가 입을 굳게 닫고 있었기에 주변은 고요했다.

시간이 흐르기 시작했다.

일각, 반 시진, 한 시진, 두 시진…….

대충 자시(子時)를 넘어서 신시(申時) 정도 되었을까?

눈을 감고 있던 설무린도 언제부터인가 잠에 빠져들었고, 북설과 당악 또한 자리에 누운 채로 눈을 붙이고 있었다.

추위를 어느 정도 막아주던 불꽃도 천천히 그 힘을 잃어가고 있었다.

바람에 불꽃이 흔들린다.

조금씩 그 힘이 미약해진다. 그리고는 모든 나무들을 집어삼킨 불꽃이 마침내 사그라졌다.

주변은 어둠이 잠식해 버렸다.

불이 꺼진 지 일각가량이 흐른 후였다.

번쩍!

잠에 빠져 있던 설무린이 두 눈을 부릅뜨고 자리에서 튕겨 올랐다. 설무린은 번개처럼 검을 뽑아 든 채로 전방을 향해 버럭 소리를 질렀다.

"기척을 숨기고 있으면 모를 줄 알았나? 나와라!"

설무린의 외침에 잠에 빠져 있던 다른 넷 모두 두 눈을 번쩍 뜨며 황급히 자리에서 일어났다.

이미 자리에서 일어난 설무린의 눈은 나무들 틈으로 향해 있었다.

놀라 헐레벌떡 일어났던 당수호가 설무린이 바라보는 곳으로 시선을 돌렸다.

하지만 아무리 봐도 전혀 수상한 자는 보이지 않았다.

당수호가 조심스럽게 말을 걸었다.

"설 공자, 아무도 보이지 않는데 무슨 착각을 한 건……."

"큭큭! 역시 오 장 안으로 기척없이 다가서는 건 무리였나?"

당수호의 입을 닫게 만든 것은 낮으면서도 내공이 가득 실린 웃음소리였다.

웃음소리가 나무들 틈 속에서 터져 나온다.

그리고 나무 위에서 한 노인이 툭 하고 떨어져 내렸다. 노인의 시선이 설무린에게로 향해 있다.

검은색 상자를 등에 짊어지고 있는 노인.

노인의 정체는 바로 벽력궁의 삼궁 중 하나인 천회를 담당하고 있는 천회주였다.

귀신처럼 나타난 천회주의 모습에 당가연이 깜짝 놀라 자신도 모르게 뒷걸음질쳤다. 외모는 그저 평범한 노인에 가까웠지만 천회주의 몸에서 풍기는 귀기(鬼氣)는 절로 사람을 움츠러들게 만들었다.

천회주는 자신을 보며 놀라는 당가연을 보며 내심 흡족한 미소를 지어 보였다.

오랜만에 나선 중원이지만 익숙하다.

싸움터의 향기…….

그리고 당장이라도 터질 것만 같은 일촉즉발의 상황이 천회주의 심장을 빠르게 뛰게 만들었다.

당악은 당수호와 당가연의 앞쪽으로 나섰다.

상대가 보통 인물이 아니라는 것을 눈치 챘기 때문이다.

당악이 두 손을 만 채로 먼저 포권을 취했다.

"사천당문의 당악이라고 합니다. 노선배님이 누구신지 물어도 되겠습니까?"

"내가 누군지 너같이 어린놈이 알 것 같으냐?"

당악 또한 적은 나이는 아니었지만 천회주의 입장에서는 한참은 어린아이처럼 보였다.

목소리에 비웃음이 가득하다.

당악은 불쾌했지만 함부로 행동하지 않았다.

함부로 행동하기에는 너무나 위험해 보이는 상대였기 때

문이다.

당악이 조심스레 물었다.

"노선배님이 이곳에 찾아오신 이유가 무엇인지 물어도 되겠습니까?"

"미친놈, 이 야심한 시각에 어둠을 틈타 나타났다. 내가 너희와 술이라도 나누고 싶어 나타난 것 같으냐?"

천회주는 적의를 숨기지 않았다.

당악 또한 갑작스레 나타난 천회주가 좋은 뜻으로 온 것이 아니라는 것은 직감하고 있었다.

혹시나 해서 물었던 것이거늘 역시나 당악이 생각했던 대로였다.

천회주가 갑작스럽게 검은색 상자를 땅에 박아 넣었다.

쿠웅!

땅에 박힌 상자는 성인 장정보다 반 이상은 커 보였다. 그리고 그때 놀라운 일이 벌어졌다. 상자가 마치 생명이라도 있는 것마냥 떨리기 시작한 것이다.

흑목(黑木)으로 만들어진 상자를 손으로 쓰다듬으며 천회주가 입을 열었다.

"이 녀석도 너희들의 피를 원하는구나. 그러니… 받아가지, 너희들의 목숨을."

천회주의 손이 상자의 뒤쪽을 쳤다.

그러자,

파앙!

상자의 뚜껑 부분이 앞으로 휘리릭 날아오자 설무린이 발로 받아냈다.

그사이 천회주는 상자 안에 들어 있던 흑색 장창을 꺼내어 들었다.

어마어마한 크기의 장창을 든 노인의 모습에서 표현하기 힘들 정도의 위용이 뿜어져 나왔다. 흡사 절간에 있는 사천왕상(四天王像)이 사람으로 헌신한 것이 아닐까 하는 착각이 들 정도였다.

당악은 천회주의 모습을 보며 식은땀을 흘렸다.

'독왕 어르신이 온다 해도 상대가 되지 않을 고수다!'

당악 인생에서 만나본 그 누구보다도 강한 기운이 천회주에게서 뿜어져 나왔다.

상대를 보고 있자니 결코 넘을 수 없을 것만 같은 벽과 마주한 기분이다. 당악의 눈이 설무린에게로 향했다. 이런 자가 당악 자신을 죽이려고 찾아왔을 리가 없다.

저 노인이 이곳에 찾아온 이유, 그건 분명 설무린 때문이리라.

그리고 그런 당악의 생각이 맞다는 것을 증명이라도 하는 듯이 천회주가 설무린에게 말을 걸었다.

"많이도 날뛰고 다녔더구나."

"그리 많이 날뛴 거라고는 생각 안 했는데……. 당신들에게 그리 보였다니 좋군요."

설무린이 오히려 즐겁다는 듯 대꾸했다.

처음 나타났을 때부터 자신을 노리고 나타난 자라는 걸 알아차렸다.

그리고 적어도 인회주보다 강하다는 것도.

설무린이 창을 들고 서 있는 천회주를 향해 말했다.

"한 가지 묻고 싶은데……. 노인장은 머리요, 꼬리요?"

"무슨 말이냐?"

"그 뭐 궁의 머리인지 꼬리인지 묻는 것 아니오. 저번에 상대한 자는 인회주라고 하던데."

"네놈, 위험할 정도로 많은 걸 알고 있구나."

천회주는 궁과 인회주라는 말을 듣고는 다소 놀랐다. 설무린이 생각보다 훨씬 많은 것을 알고 있다는 생각에서였다. 하지만 놀라는 것도 잠시였다.

죽이면 그만 아닌가.

그리고 지금 설무린이 알고 있는 것만으로 지금 세간을 시끄럽게 하는 벽력궁의 실체에 대해 알 수는 없다.

설무린이 다시금 물었다.

"내가 알기로 세 개의 회가 있다던데 노인장이 다른 두 개 중 하나의 회주요?"

"그래, 내가 바로 천회를 담당하고 있는 천회주다."

어차피 죽일 놈이라는 생각과 그 정도 안다고 해서 변하는 게 없다는 판단 때문인지 천회주는 서슴없이 자신의 정체를 밝혔다.

대답을 들은 설무린이 가볍게 대꾸했다.

"뭐, 용의 머리까지는 안 되도 뱀의 머리통 정도는 되겠군."

"뭐라고?"

천회주는 묘한 표정을 지었다. 마치 자신이 잘못 들은 것은 아닐까 하는 표정이다.

그도 그럴 것이, 이처럼 모욕적인 언사는 살면서 처음인 탓이다.

그가 누구인가.

어렸을 적부터 뛰어난 무공으로 각광받았고, 나이를 먹은 지금은 벽력궁주의 오른팔이자 천회를 이끄는 핵심 중의 핵심 아니던가.

그런 천회주를 향해 뱀의 머리통이라니…….

기분이 상하다 못해 화가 솟구친다.

천회주가 애써 웃음을 터뜨렸다.

"부전자전이라더니 네놈 아비와 마찬가지로 세 치 혀가 제법 맵구나."

"우리 아버님을 아시나 봅니다."

"예전에 멀찍이서 한번 본 적 있지."

"한마디로 노인장은 우리 아버님을 아는데 아버님께서는 당신을 모른다는 소리군요. 뭐… 안다면 아는 관계라고도 볼 수 있으려나?”

　북설을 향해 고개를 돌리며 설무린이 물었다.

　그 모습이 너무나 천진난만하고 장난기 가득해 보였기에 북설은 가볍게 쿡 하고 웃음을 흘렸다.

　이런 위급한 상황에서 설무린의 행동은 상식 밖이었다.

　하지만 언제나 장난스럽게 상대를 도발하는 것이 바로 설무린이 아니던가.

　어떠한 상대를 만나도 그러한 설무린의 모습은 그대로였다.

　천회주가 이를 갈았다.

　무공 실력을 떠나 사람을 화나게 만드는 저 세 치 혀만은 인정해 줘야만 할 정도였다.

　천회주가 들고 있던 창으로 땅을 두드렸다.

　쿠웅!

　지진이 났다는 착각이 들 정도의 충격이 주변에 울려 퍼졌다. 단 한 번 땅을 두드렸을 뿐인데 이 정도의 충격이라니…….

　상상하기 힘들 정도로 심후한 공력을 지녔다는 소리다.

　천회주가 땅을 두드린 후 설무린의 표정이 급격하게 차갑게 식어버렸다.

　천회주의 공력 때문이 아니다.

　‘신호였던 건가?’

　천회주가 땅을 두드리기가 무섭게 뒤쪽에서 일련의 무리들의 기척이 느껴지기 시작했다.

제법 멀리 떨어져 있었던 탓에 설무린 또한 알아차리지 못했던 것이다.

제법 멀찍이 떨어져 있던 그들이 천회주의 신호를 받기가 무섭게 나무들을 타고 이쪽으로 날아오고 있다. 경공을 펼치는 속도를 보아하니 개개인의 무공 실력이 일류를 훨씬 넘어섰음이 분명하다.

옆에 붙어 있던 북설이 멀리를 바라보며 낮은 목소리로 설무린을 불렀다.

"소궁주님!"

"젠장……."

설무린과 북설은 한 곳을 바라보고 있었다. 이십에 달하는 인원들이 나무들 사이사이에 숨어 자신들을 향해 적의를 쏟아내고 있다.

파라락!

숨길 필요가 없다 생각했는지 그들은 적의를 숨기지 않았고, 그들의 몸에서 나오는 적의는 주변에 있는 나뭇잎들을 갈라지게 만들었다.

칼날 같은 적의.

온몸에 있는 털들이 소름으로 인해 오싹 일어설 정도다. 사방에서 점점 옥죄어 들어오듯 천회의 포위망이 단단해지기 시작했다.

상황의 심각함이 도를 넘어선다.

이전 인회주와 만났을 때와는 다르다. 그때의 적들과 비교하기 힘들 정도로 이들은 단단하다.

거기다가 눈앞에 있는 천회주라는 노인……. 인회주보다 약했다면 설무린을 잡으려고 보내지도 않았을 게다. 최소한 인회주보다는 한두 수 위의 고수라는 건 싸워보지 않아도 알 수 있다.

'도대체 이런 놈들이 어디서 쏟아져 나오는 거야?'

실로 이들의 정체가 궁금해질 정도다.

이토록 많은 고수들을 보유하고 있는 이들은 대체 무엇을 꾸미고 있는지도.

설무린은 검을 강하게 쥐었다.

이곳에서 죽어줄 수 없다. 이제야 흡혈잠마지독의 해약에 관한 희망을 얻었다. 그런 지금 설무린이 죽게 된다면 북해빙궁 또한 무너진다.

상대가 아무리 강하다 해도 결코 죽어줄 수 없는 상황인 것이다.

설무린이 나무 위쪽에 있는 천회의 무인들을 노려보며 차갑게 말을 내뱉었다.

"당장 내려오지 않으면 그 나무 위가 너희들의 무덤이 되게 해주지."

자신을 향해 밀려오는 살기를 설무린이 그대로 받아쳤다.

오히려 설무린의 몸에서 뿜어져 나오는 살기에 나무 위에서 기회를 엿보고 있던 천회의 무인들이 움츠러들었다.

방금 전까지의 장난스러운 모습은 순식간에 사라져 있었다.

설무린을 유유자적한 표정으로 바라보던 천회주 또한 일순 터져 나오는 그의 기세에 심장이 얼어붙는 듯한 느낌을 받아버렸다.

궁지에 몰린 쥐가 어떻게 행동하나 한번 볼까 하며 여유있어하던 천회주는 자신의 생각이 틀렸음을 직감했다.

궁지에 몰린 쥐가 아니다.

상처 입은 맹수. 그래, 바로 맹수다.

상처 입은 맹수를 잡을 때는 더더욱 조심을 해야 한다. 상처를 입게 되면 맹수는 앞뒤 가리지 않고 더욱 목숨을 걸고 덤벼든다.

방심했다가는 도리어 이쪽이 목덜미를 물릴 것이다.

'인회주가 이래서 패한 것인가.'

젊은 무인의 몸에서 풍겨져 나올 기도가 아니다.

마치 북해빙궁의 궁주인 설군표가 지금 눈앞에 있는 젊은 청년으로 변해 서 있다는 착각이 들 정도다.

북해빙궁이라면 치를 떠는 것은 천회주 또한 벽력궁주와 마찬가지다. 오히려 북해빙궁에 의해 수많은 피를 흘리는 걸 두 눈으로 봤던 천회주다.

북해빙궁에 대한 깊은 한을 지닌 천회주였기에 눈빛이 사뭇 날카롭다.

‘북해빙궁……. 인재들이 넘치는군.’

분하게도 항상 그러했다.

그토록 증오하는 북해빙궁이지만 인정할 것은 인정한다.

그들의 무공은 빼어나다. 북해라는 기이할 정도로 추운 지역에서 다져진 그들의 무공은 천하를 뒤져도 적수를 찾기 힘들 정도다.

감탄도 잠시였다. 지금 천회주가 온 이유는 북해빙궁의 무공과 인물에게 감탄을 하기 위해서가 아니다.

천회주가 손을 들어 올렸다.

나무 위에 있던 천회의 무인들이 아래로 뛰어내렸다.

전방뿐만이 아니다. 사방으로 퍼졌던 그들이 에워싸듯이 자리를 잡았다.

천회주가 주변이 쩌렁쩌렁 울릴 정도로 큰 목소리로 말했다.

“쥐새끼 하나 빠져나가지 못하게 한다!”

“존명!”

동시에 외쳐 오는 목소리는 지옥에서 올라온 저승사자의 울음소리같이 섬뜩했다.

第八章

천회주(天會主)

태연하게 서 있는 설무린과는 다르게 당문의 두 젊은 독인
은 겁을 잔뜩 집어먹은 얼굴이었다.

그들로서는 평생을 살며 이 같이 위험한 상황에 빠진 적이
없었다. 하지만 설무린을 따라나서면서 이틀 연속으로 이같
이 목숨이 달린 상황에 처한 것이다.

어제는 흑도사천, 오늘은 정체불명의 인물들…….

하지만 이름이 알려진 흑도사천보다 오늘 만난 이들이 더
욱 위험하다는 건 그 둘도 한눈에 알 수 있었다. 그 정도로 지
금 나타난 이들의 무공은 눈에 보일 정도로 뛰어난 수준이었
던 것이다.

설무린은 적들을 응시하다 조용히 북설을 향해 시선을 돌렸다. 설무린의 시선을 느낀 탓인지 북설 또한 아무런 말도 없이 그를 마주 봤다.

설무린이 느끼고 있는 것, 북설 또한 느끼고 있다.

굳이 손을 섞어봐야 아는 것은 아니다. 지금 나타난 천회주와 그의 수하들은 얼마 전 만났던 인회의 무리들보다 훨씬 빼어났다.

거기다 일전에는 지형적 이점이라도 있었다. 하지만 이곳은 사방에서 포위당하기 딱 좋은 지점이다.

북설 혼자서 천회주를 제외한 다른 모두를 상대할 수 없다는 소리다.

'살귀(殺鬼)들…….'

천회의 무인들의 몸에서는 짙은 죽음의 냄새가 풍긴다. 한둘의 사람을 죽인 자들이 아니라는 소리다. 저들 개개인의 손에 죽은 사람들의 수가 몇이나 될까?

열? 스물?

그건 알 수 없는 노릇이다.

그렇지만 확실한 건 저들은 살인을 앞에 두고 일말의 망설임도 없다는 것이다.

이쪽의 숫자는 다섯.

당악은 그나마 한 명 이상의 몫은 해주겠지만 나머지 둘은 저들에게 일초지적에 불과하다.

파르르!

천회주의 묵창에서 흘러나오는 흑빛의 기류를 보며 당수호와 당가연은 안색이 파랗게 질렸다.

기세만으로 저토록 위축되는 그들에게 뭔가를 기대한다는 것도 우습다.

피할 수만 있다면 피하고 싶은 싸움.

하지만 이 싸움은 애초부터 천회가 설무린 자신을 죽이기 위해 준비한 전장(戰場)이다.

피할 수 없는 싸움이라 마음을 다잡는 설무린에게 천회주가 확인시켜 주듯 말했다.

"도망치지 못할 게다, 미꾸라지 같은 놈."

묵창에서 흘러나오는 진득한 살기가 모든 것을 얼어붙게 만들었다.

설무린은 조심스럽게 공력을 끌어 모으기 시작했다.

상대는 그 끝을 가늠하기 힘들 정도의 고수다.

천회주가 입가에 조롱 섞인 미소를 가득 머금은 채로 입을 열었다.

"살려달라고 빌면 살려줄 수도 있다."

"하하! 웃기는 소리로군요. 정말 그럴 생각은 눈곱만큼도 없어 보이는데."

"눈치 하나는 정말 빠르구나."

설무린을 살려둘 턱이 있겠는가.

그저 살려달라고 애처롭게 말하는 설무린의 모습을 한 번쯤 보고 싶었을 뿐이다. 물론 천회주 또한 북해 소궁주가 그런 추한 모습을 보일 거라고는 생각하지 않았다.

아쉽다는 표정으로 천회주가 말을 이었다.

"한 번쯤이라도 네놈이 무릎 꿇고 싹싹 비는 모습이 보고 싶었는데 말이지."

"안 됐지만 그건 불가능할 겁니다. 워낙 멋대로 자란 놈이라 무릎을 꿇는 걸 배운 적이 없어서 말이오. 뭐, 그런 모습이 정 보고 싶다면 꿈에서라도 한 번 기다려 보시오. 운이 좋다면 만나겠지."

설무린이 천회주를 향해 비아냥거리며 말했다.

천회주가 천천히 웃음을 거두기 시작했다. 이제 더는 시간을 끌고 싶지 않았다.

"네놈은 너무 큰 죄를 지었다."

말을 마친 천회주가 한 걸음씩 옆으로 걷기 시작했다.

마치 산보라도 나온 것마냥 가벼운 발걸음. 하지만 그 보(步步)에 실린 힘은 보통 무인이 상상하기 힘들 정도로 거대했다.

"첫째, 우리에 대해 너무 많이 알았다. 그리고 둘째, 네놈은 우리 궁에게 씻을 수 없는 피해를 안겼다. 마지막 셋째!"

"……"

"…우리 궁주님은 북해빙궁을 싫어하시거든. 그것도 아주

많이."

　말을 마치기가 무섭게 천회주는 공력을 쏟아냈다.

　그의 몸 주변으로 검은색 기운이 흐트러지며 머리카락이 거친 바람을 마주한 듯 미친 듯이 흔들렸다.

　설무린 또한 질세라 공력을 끌어 모았다.

　차갑디차가운 북해의 한기가 설무린의 몸 주변에서 맴돌기 시작했다.

　그때 천회주가 설무린을 향해 버럭 소리를 질렀다.

　"북해 소궁주! 제안을 한 가지 하지!"

　"제안? 들어나봅시다."

　"네놈과 나, 단둘이 붙어보자!"

　천회주의 말에 설무린은 잠시 의아해했다.

　그 이유는 굳이 천회주가 자신과 일대일로 싸울 필요가 없었기 때문이다. 천회의 무인들과 합세한다면 더욱 쉽게 끝낼 수 있는 싸움이 아니던가.

　쉬운 길이 있는데도 불구하고 어려운 길로 가려는 천회주의 행동이 수상해서다.

　설무린이 살짝 표정을 구기며 물었다.

　"그건 노인장에게 좋은 제안은 아닌 것 같은데……."

　"꼭 그렇지만은 않지. 너 말고, 저 계집. 저 계집도 상대하기 다소 버거워서 말이야. 둘을 동시에 상대하면 우리 천회 또한 몇 명을 잃을 각오는 해야겠지. 우리 천회는 그런 조그마한 피해조차 네놈에게 입고 싶지 않거든.”

“노인장은 날 이길 자신이 있나 봅니다?”

“큭큭! 거야 당연한 것 아니겠느냐? 네놈에게 이길 자신이 있으니 하는 제안이지. 어떠냐?”

“좋습니다. 한번 해보죠.”

설무린은 한순간도 망설이지 않고 대꾸했다.

천회와 동시에 싸우게 된다면 이길 자신이 없다. 하지만 천회주 하나를 우선 상대해서 제압할 수만 있다면 승부는 어찌 될지 알 수 없는 노릇이다.

천회주는 인회가 무너진 마당에 천회까지 피해를 입고 싶지 않았던 탓에 이 같은 조건을 내건 것이다. 그리고 그건 설무린에게는 큰 기회였다.

천회주가 손을 번쩍 들어 올리며 외쳤다.

“뇌력금쇄진(雷力禁鎖陣)을 펼쳐라!”

외마디 외침 소리가 떨어지기가 무섭게 천회의 무인들은 빠르게 주변을 포위했다.

북설이 급히 검을 들어 올리며 달려들려고 하자 설무린이 가볍게 손을 들어 그녀를 제지했다.

자신을 바라보는 북설에게 설무린이 진정하라는 어투로 말했다.

“지금 움직이면 놈들 또한 공격할 거다.”

섣부르게 놈들을 자극해서는 안 된다.

지금 천회주와 일대일로 싸울 수 있는 기회를 얻지 않았는가.

설무린이 북설을 바라봤다. 걱정이 가득한 얼굴로 자신을 바라보는 북설을 보며 설무린이 자신도 모르게 웃음이 새어 나왔다.

설무린이 가볍게 북설의 어깨를 손으로 두드렸다.

북설을 향해 가벼운 미소를 한번 보인 설무린이 몸을 돌리며 말했다.

"걱정하지 마라. 내가 죽으면 너도 죽는다고 난리를 피울 터라 맘 편히 가지도 못해. 그러니… 널 위해서라도 죽지 않으마."

말을 마친 설무린은 북설을 향해 건넸던 부드러운 어투가 아닌 쩌렁쩌렁한 목소리로 외쳤다.

"북설! 다른 사람들을 데리고 거리를 벌려!"

이제부터는 천회주와 설무린의 싸움이다.

하지만 둘의 무공의 경지는 이미 초인의 수준에 들어선 지 오래였다.

가까이 있는 것만으로도 웬만한 무인들은 버텨낼 수 없을 정도의 충격이 밀려올 것이다.

설무린의 명령에 북설은 빠르게 다른 셋을 데리고 물러섰다.

가까이 있던 자들이 모두 사라지자 설무린이 어깨를 으쓱

하며 천회주에게 말했다.

"이제 우리만 남았군요."

"하지만 곧 네놈은 먼지로 사라질 게다."

천회주의 말에 반응이라도 하는 듯 검은색 묵창이 낮게 울음을 토해냈다. 그런 묵창을 설무린을 향해 겨누며 천회주가 잔인한 미소를 보였다.

"이 녀석도 너의 피를 원하는구나. 북해 소궁주의 피라면, 흥분할 법도 하지."

파앗!

천회주의 손에 들린 창끝이 아름다운 호선을 그리며 떨어져 내렸다. 순식간에 수십 개의 빛이 설무린을 향해 무서울 정도로 날카롭게 날아들었다.

설무린 또한 지지 않겠다는 듯 검을 휘둘러 천회주에게 맞섰다.

상대가 상대인지라 설무린 또한 바로 설풍수라마검의 네 번째 초식인 수라환영의 초식으로 천회주를 상대해 갔다.

수십 합을 눈 한 번 깜짝할 사이에 겨룬 둘이 스치며 반대편으로 지나갔다. 천회주는 창을 들고 있는 자신의 손의 잔떨림을 느꼈다.

희열!

온몸이 즐거움으로 덜덜 떨려온다.

'이것이 얼마 만이던가.'

일류고수라고 할지라도 지금 둘의 경합의 반조차 보지 못했을 게다.

그 정도로 빠른 공격이었고, 그것을 상대인 설무린 또한 아무런 피해 없이 막아낸 것이다.

상대를 만났다.

실로 오랜만에 천회주 자신이 상대할 만한 인물과 마주 선 것이다.

'어중이떠중이가 아니야. 놈은 정말 무인이다.'

찰나의 순간에 이처럼 천회주에게 떨림을 줄 만한 자는 전 중원을 뒤진다 해도 손으로 꼽을 수 있을 정도로 적다. 그런데 믿을 수 없게도 이처럼 젊은 사내가 그런 떨림을 준 것이다.

천회주가 몸을 돌려 설무린을 바라보며 진심 어린 목소리로 말했다.

"역시 네놈은 결코 살려둬서는 안 되겠군. 이토록 젊은 나이에 이 정도 무공이라면, 십 년 후에는 우리들로서는 도저히 너를 감당할 수 없을 테니까."

위험한 놈이다.

도대체 어떻게 자신들의 정체를 파악해 내고 파고들었는지는 몰라도 벽력궁에 대해 알고 있다. 그리고 자신들의 세력 중 일부분도 파악하고 있다.

반드시 죽여야 할 놈이다.

‘싹을 잘라놓는다.’

우우웅!

묵창은 주인의 마음을 대변하듯 낮게 울었다. 검은 기류가 창을 타고 주변으로 회오리치기 시작했고, 설무린 또한 내력을 끌어 모았다.

설무린의 검이 먼저 천회주를 향해 날아들었다.

목젖을 정확하게 노린 공격이 빠르게 안쪽으로 파고들었다. 하지만 천회주는 그 공격을 가볍게 손바닥으로 밀어내며 바로 뒤로 거리를 벌리며 자신의 창을 밀어 넣었다.

퍼엉!

설무린이 옆으로 비켜서며 창을 피하는 순간, 창에서 흘러나온 내력이 뒤에 있던 나무 하나를 박살 내버렸다.

하지만 채 그러한 모습에 감탄하거나 놀랄 시간이 설무린에게는 없었다.

방향을 바꾼 창이 설무린의 다리를 노렸다.

차앙!

창대를 검으로 막아낸 설무린은 그대로 손바닥을 휘둘렀다. 모아두었던 공력이 일순간에 폭발하며 뇌력의 힘을 가진 빙해대력신장을 터뜨렸다.

퍼엉!

“이놈 봐라?”

막아내기는 했지만 갑작스러운 장력에 천회주는 절로 움

찔했다.

짧은 순간에 쏟아낸 것치고는 어마어마한 내력이 담겨져 있었다.

'나이도 어린놈의 내공이 무슨…….'

절로 감탄이 나올 정도로 설무린의 내공은 심후했다. 나이에 어울리지 않는 무공에 내공에……. 왜 이놈 하나에 벽력궁이 그토록 흔들렸는지 이제야 알 것 같다.

북해빙궁의 인물만 아니었다면 같은 편으로 회유하고 싶을 정도의 능력자다.

하지만 현실에서 벽력궁과 설무린은 결코 같은 하늘을 지고 살 수 없는 입장이다.

그렇다면 답은 하나.

'죽인다.'

후우웅!

창이 바람을 갈랐다.

매의 발톱을 연상케 할 정도로 빠른 공격이 설무린의 어깨를 스치고 지나갔다.

"큭!"

핏줄기가 튀는 와중에서도 설무린은 검을 휘둘렀다.

차앙! 창!

둘의 병기가 서로 얽히며 사방으로 불꽃이 튀었다.

핏핏!

서로의 날카로운 공격에 설무린도, 천회주도 자잘한 생채기들이 온몸에 생기기 시작했다. 하지만 극도로 집중한 둘에게 그러한 작은 상처 따위는 안중에도 없었다.

천회주의 창이 무수한 변화를 보이며 설무린의 가슴을 향해 날아들었다.

"흐압!"

외마디 외침과 함께 사방으로 충격파가 밀려든다.

설무린은 급히 뒤로 물러서며 천회주의 공격을 피해냈다. 뒤로 몇 걸음 물러선 설무린은 다급하게 검을 움직였다.

후웅!

검기가 천회주를 절단할 듯이 날아갔지만 그의 모습이 갑작스럽게 사라졌다.

위로 솟구쳐 오른 천회주가 떨어져 내리며 창을 휘둘렀다.

"비마십팔창(比魔十八槍)!"

파라락!

순식간에 열여덟 개의 초식이 터져 나왔다.

아래 있던 설무린에게 수십 개의 창이 떨어져 내렸다. 땅에 서 있는 설무린의 몸은 당장이라도 만신창이가 되어도 전혀 이상할 것이 없어 보였다.

설무린의 두 눈동자에서 파란 안광이 터져 나왔다.

"수라참극!"

하늘을 향해 뻗어진 설무린의 검에서 수십 가닥의 검기들이 불을 뿜듯 터져 나왔다.

거짓말처럼 한순간에 터져 나온 검기의 위용은 말로 표현하기 힘들었다. 하늘을 독수리처럼 날아올랐던 천회주가 도리어 검기에 당할 것만 같았다.

그때였다.

천회주가 허공에서 다시 한 번 도약을 하며 더욱더 높이 솟구쳐 오른 것이다. 그리고 기다렸다는 듯 창끝에서 흑색 기운을 쏟아냈다.

그것은 결코 창기(槍氣)의 수준이 아니었다.

강기였다.

강기의 가닥들이 설무린이 있는 땅을 뒤덮었다.

콰아앙!

반경 십 장가량을 단숨에 뒤덮는 위력에 전장을 벗어나 있던 사천당문의 무인들조차 놀라서 뒷걸음질쳤다. 순식간에 주변의 모든 것을 부숴 버리는 일격.

그들로서는 생전 처음 보는 어마어마한 위력이 아닐 수 없었다.

사시나무 떨 듯 떠는 당수호와는 달리 그의 옆에 서 있던 북설은 입술을 지그시 깨물며 자신의 검에 손을 가져다 댔다.

만약의 경우에는 설무린을 구하기 위해 달려들 생각인 것이다.

높이 솟구쳐 올랐던 천회주는 땅에 내려서기가 무섭게 창을 빙빙 휘두르면서 기수식을 잡았다. 그가 큰 목소리로 버럭 고함을 질렀다.

"이대로 끝나지는 않겠지, 설무린!"

그런 천회주의 말에 기다렸다는 듯 흙먼지 속에서 빙침이 쏟아져 나왔다.

피피핏!

"헛!"

흙먼지 사이에서 갑작스럽게 날아든 빙침을 천회주는 다급히 쳐내기는 했지만 일부는 그의 옷을 뚫었고, 몇 개는 천회주에게 상처를 남기기까지 했다.

자신의 상처를 바라보며 천회주가 입을 열었다.

"꽤나 거친 대답이로군."

천회주의 말이 끝나기가 무섭게 흙먼지들 사이에서 서서히 설무린이 모습을 드러냈다. 설무린은 멀쩡한 상태가 아니었다.

너덜너덜해서 없느니만 못한 상의 사이로 드러난 부위에는 제법 큰 상처도 있었다.

하지만 모습을 드러낸 설무린의 표정은 상처를 입은 사람이라고는 믿어지지 않을 정도로 평온했다.

흘러내리는 피를 찢어진 상의로 닦아낸 후 설무린은 그대로 옷을 던져 버렸다.

어깨부터 반대편 가슴에까지 이르는 긴 상처가 생겼지만

그 어마어마한 위력에 비한다면 이 정도야 가벼운 것이다.

무사히 걸어나오는 설무린을 보며 천회주는 오히려 미소를 지었다.

"그렇게 끝났으면 너무 싱겁지. 살아서 나올 줄 알았다."

"노인장의 실력이 조금 부족해서 운 좋게 산 듯하군요."

말을 마치며 설무린은 피 섞인 침을 한번 내뱉었다. 역시나 그런 위력적인 공격에 아무런 부상을 입지 않는다는 것은 불가능에 가까웠다.

설무린의 조롱에도 천회주는 전혀 동요하지 않았다.

그로서는 오랜만에 상대할 만한 적수를 만났다는 사실에 기분이 들떠 있었다.

"방금 그 무공은 무엇이냐?"

"수라빙절이라고 하죠. 북해빙궁의 암기술인데……. 일 년 정도만 더 시간이 있었다면 한번에 수천 개의 빙침을 날릴 수도 있었을 텐데 아깝군요."

"그렇군! 수천 개의 빙침이었다면 나 또한 지금 네놈 이상의 부상을 입었을 테지."

고개를 끄덕이며 천회주가 대꾸했다.

갑작스레 날아든 빙침을 보며 일순 얼마나 놀랐던가. 그 숫자가 지금의 몇 배는 되었다면 분명 막아내는 것도 상당히 곤욕스러웠을 게다.

"네놈을 일 년 후에 만나지 않은 게 다행이로군."

안도의 한숨을 몰아쉬듯 천회주가 말했다. 천회주의 목소리에는 진실함이 절절이 묻어 나왔다. 그만큼 설무린의 무공 실력을 인정했다는 소리다.

하지만 그뿐이다.

지금의 설무린은 천회주 자신을 능가할 수 없다.

창이 다시금 설무린을 향해 겨누어졌다. 창으로 설무린의 가슴 쪽을 노리며 천회주가 말했다.

"넌 실수를 하나 했어. 차라리 모습을 감추고 몇 년 후를 도모했다면 더 좋았을 텐데 말이야. 섣부르게 움직여 네놈 스스로를 우리의 살생부(殺生簿)에 오른 건 큰 실수다."

설무린은 천회주의 말이 끝나기가 무섭게 검을 들어 창의 진로를 막아서며 대꾸했다.

"노인장은 실수를 하나 했습니다. 다른 곳은 몰라도 우리 북해빙궁을 건드려서는 안 됐습니다. 북해빙궁의 사람들은 결코 물러설 줄 모르는 독종들이니까요."

말과 함께 갑작스럽게 불어온 한풍이 설무린의 몸 주변을 감싸 안았다. 그의 몸이 거짓말처럼 허공으로 솟구치더니 천회주를 향해 날아들었다.

휘익!

검이 날카롭게 빈틈을 파고들어 왔지만 천회주는 기다렸다는 듯 창끝으로 공격을 받아냈다.

설무린의 검을 받아내기가 무섭게 창대를 올려치며 천회

주는 공격을 감행했다.

마치 수비와 공격이 하나가 된 것 같은 자연스러운 동작이었다.

광풍이 휘몰아치듯 천회주의 창이 요동치기 시작했다.

쾅쾅쾅!

묵직한 힘에 의해 주변의 나무들과 바위들이 산산조각 나며 가루가 되어 허공을 수놓았다. 천회주의 내공은 가히 경천동지(驚天動地)라는 말이 어울릴 법한 놀라운 수준이었다.

사정없이 달려드는 천회주의 창은 마치 먹이를 노리는 굶주린 야수와도 같았다.

숨 한 호흡, 그것조차 섣부르게 쉴 수 없다.

그 찰나가 서로의 목덜미를 잡히는 순간이 될 테니 말이다.

자신의 맹공을 받아내는 설무린을 보며 천회주는 다시 한 번 감탄을 하지 않을 수가 없었다.

단 한 걸음도 물러서지 않는다.

이런 자는 결코 흔치 않다.

하지만…….

'우리에게 가장 위험한 적!'

얼마 전까지만 해도 벽력궁의 살생부 맨 처음을 장식하던 것은 북해빙궁주였다. 그리고 그다음으로 무림맹주나 마교교주 등이 쭉 줄을 섰었다.

설무린?

살생부 어디쯤에 이름이 올라 있는지도 모르는, 살아 있어도 죽어도 별 상관이 없는 자였다. 그러던 자가 이제는 살생부의 맨 첫 자리를 두고 다투는 자가 되어버렸다.

파앙!

거대한 소리와 함께 둘의 몸이 서로 뒤로 밀려나 버렸다.

거리가 벌어지기가 무섭게 천회주의 창이 무서운 속도로 찌르며 들어왔다.

섬전과도 같은 찌르기!

묵빛의 창에서 순간 흑색의 기운이 넘실거렸다.

섬전선풍창(閃電旋風槍)!

마구잡이로 휘몰아치듯 날아드는 천회주의 창을 상대로 설무린은 망설이지 않고 자신의 검을 움직였다. 설풍수라마검 수라군림의 초식이 순식간에 펼쳐졌다.

단순하게 날아들지만 결코 눈에 보이는 것이 다가 아니다.

'허어……!'

자신있게 달려들던 천회주가 움찔했다.

단순한 찌르기로 보이지만 그 안에 있는 무수한 변화가 확하고 느껴져 왔다. 일순 숨이 턱 하니 막혀올 정도의 답답함이 밀려온다.

수많은 변화가 단숨에 머릿속으로 쏟아져 들어온다.

'위험한 무공이다!'

섣부르게 생각하고 다가갔다가는 믿을 수 없는 꼴을 당할 뻔했다.

너무나 간단해 보이는 공격이지만 그 변화를 느끼는 순간 그것은 천하를 뒤덮는 거대한 검으로 변했다.

'어디로? 어떻게?'

확확확!

다가드는 검 뒤로 북해의 찬 한풍이 일순 휘몰아친다는 느낌을 받았다.

우선 공격을 끊어내야 한다는 생각에 천회주는 창을 휘둘러 설무린의 검을 밀어내려고 했다. 그때 설무린의 발걸음이 기기묘묘한 변화를 보이며 모든 것이 변했다.

예상이 빗나가 버렸다.

읽었던 검로가 완전히 뒤틀렸고, 설무린의 검은 전혀 예상치 못한 곳으로 날아들었다.

"윽!"

급하게 자신 또한 신형을 옆으로 틀었지만 검이 옆구리를 스치고 지나간다. 비명을 토해내기가 무섭게 검이 머리를 쪼갤 듯 날아들었다.

'육시랄 놈이!'

말 하나 내뱉는 순간이 저승길이라는 걸 알았기에 천회주는 다급히 발을 움직였다.

아슬아슬하게 스쳐 지나가는 검이 천회주의 머리카락을 훑고 지나갔다.

투욱.

묶은 윗머리가 잘려 나갔다.

사라락.

풀어진 머리카락이 어깨를 간질인다. 동시에 분노가 치솟으며 머리가 하얗게 변했다.

머리카락이 잘린다고 해서 고통을 느끼는 것은 아니다.

하지만 밀려드는 굴욕, 무인으로서의 수치심은 상상 이상이었다.

"감히!"

버럭 소리를 지르는 순간 다시 한 번 그 이상한 검이 천회주를 향해 다가오고 있었다. 천회주는 두 눈을 부릅뜨고 검끝을 바라봤다.

'좋다. 이번에는……'

다시 한 번 완벽하게 검로를 읽혔고, 그 검로를 타고 오다 변할 수 있는 모든 변화까지도 머릿속으로 계산했다.

완벽하다.

완벽하게 막을 수 있다.

그런데 지척까지 검이 다다르는 순간 또 한 번 검로가 완전히 뒤틀렸다.

"크윽!"

창으로 막아낼 수 없었기에 급히 육장(肉掌)을 휘둘러 쳐냈다. 하지만 손바닥이 피범벅이 되며 튕겨져 나왔다.

물론 그 덕분에 치명상을 피할 수는 있었지만 상황이 그리 낙관적이지가 않다.

설무린의 검을 제대로 읽어내지 못하고 있다.

믿을 수 없는 변화를 검에 담고 있기 때문이다.

천회주의 지척에 다가오는 순간 검로가 변한다. 너무나 갑작스럽고, 완벽하게 말이다. 그 탓에 완벽하게 방어를 하는 것이 너무나 버겁다.

불가능한 일이다.

어떻게 그런 짧은 찰나에 이 같은 변화를 보일 수 있단 말인가. 천회주는 다시 한 번 거리를 벌렸다. 가까이서 봐서는 안 된다.

그리고 상처를 입는 것을 두려워해서도 안 된다.

봐야 할 건 검이 아니다.

'놈의 손목, 그리고 발……. 둘 중 하나다.'

치명상을 입을지도 모른다. 하지만 그 변화를 알아차리지 못한다면 천회주로서는 계속 끌려 다닐 수밖에 없는 노릇이다. 그전에 확실하게 그 변화의 원인을 알아내야 한다.

설무린이 천천히 천회주와의 거리를 좁혀오기 시작했다.

검을 쥐고 있는 손에 힘이 들어갔다.

'좋아.'

느낌이 좋다.

천회주를 상대로 설풍수라마검을 펼치고 있는 설무린은

내심 신바람이 난 상태다.

수라군림의 초식이 예전과는 비교도 할 수 없을 정도로 완벽해졌다.

뒷받침되어지는 내공과 경험, 그리고 절대 져서는 안 되는 상황이 설무린의 검을 더욱 정교하고 위협적으로 만들었다.

격보와 운보……. 설무린은 잊지 않고 있었다.

북해와 함께했던 시간들은 설무린에게 완벽하게 녹아든 상태다.

북해와 헤어졌을 당시와 지금의 설무린?

비교조차 되지 않는다.

상황을 급히 반전시키며 몰아붙이고 있지만 설무린은 방심하지 않았다. 상대는 절정의 고수다. 그런 자를 상대할 때 섣부른 방심은 독이다.

비록 지금은 몰아붙이고 있다 하지만 순식간에 상황이 뒤바뀔 수도 있는 것이 바로 이런 절정고수와의 싸움이다.

거기다가 지금 천회주의 눈빛이 독하게 변한 것을 설무린은 놓치지 않았다. 설풍수라마검 수라군림의 초식에 완전히 녹아든 운보와 격보의 존재를 알아차리는 것은 불가능에 가까운 일이다.

하지만 지금 천회주의 눈빛…….

'간다.'

시간을 줘서는 안 된다.

설무린의 손에서 다시 한 번 검이 요동치기 시작했다.

천하에서 이처럼 느린 공격도 없으리라. 그리고 이처럼 빠른 공격도 없으리라.

우습지 않은가.

가장 빠르면서 가장 느리다.

그 안에 수많은 변화가 내포되어 있기 때문에 그같이 불가능한 말이 성립될 수 있는 것이다.

날아드는 설무린의 검을 보며 천회주는 모든 신경을 두 눈에 집중했다. 위험할 수도 있는 판단이었지만 천회주의 눈은 검이 아닌 다른 곳으로 향했다.

이전처럼 검로는 읽혀진다.

이대로라면 충분히 막을 수 있을 것만 같다.

문제는 그렇게 생각하다 두 번이나 당했다는 거다. 이번에는 이상하게 변하는 검로의 정체를 밝혀내야 한다. 이 싸움의 승패는 그곳에서 풀릴지도 모른다.

검이 지척까지 다가오자 예상했던 검로를 따라 움직이면서 천회주의 시선은 검이 아닌 팔목과 발을 살폈다.

순간 묘한 움직임이 천회주의 두 눈에 잡혔다.

그건 다름 아닌 발걸음이었다.

'이럴 수가!'

놀라운 일이다.

무공을 펼치는 과정에서 이토록 완벽하게 보법을 바꿀 수 있다는 말인가?

단 한 걸음의 차이일 뿐이었다.

갑작스럽게 더 내딛어지는 그 한 걸음. 그 한 걸음에 모든 것이 변했던 것이다.

그 사실을 깨닫는 순간 설무린의 검이 상처를 입었던 옆구리의 반대편을 스치고 지나갔다.

피가 푹 하고 터져 나갔고, 천회주는 급히 옆구리를 움켜쥔 채로 뒤로 물러났다. 설무린과 검을 마주 댄 이후 가장 큰 부상을 입었다.

부상을 입었는데도 불구하고 천회주가 웃음을 터뜨렸다.

"하하하! 그랬군! 그랬던 거야!"

설무린은 피 묻은 검을 가볍게 털며 천회주를 바라봤다. 설무린의 표정이 그리 좋지 않았다. 그건 지금 천회주가 설무린 자신의 무공이 그토록 기묘하게 변할 수 있는 이유를 알아차렸다는 걸 알기 때문이다.

지척까지 검이 다가오는데도 피하기보다는 설무린 자신을 살폈다.

그 덕분에 천회주는 일보를 더 내딛는 격보를 파악해 냈다.

옆구리를 움켜쥔 채로 천회주가 설무린을 바라보며 징그러운 미소를 흘렸다.

"흐흐! 대단하군, 대단해. 어떻게 그런 상황에서 한 걸음을 더 내딛을 수 있는지 모르겠군."

자신의 생각이 맞았다는 걸 알며 설무린은 살짝 표정을 구겼다.

그런 설무린을 향해 천회주가 자신의 창을 빙글빙글 돌리며 기수식을 취했다.

창을 뒤로 비스듬히 든 채로 천회주는 상체를 조금 굽혔다.

그의 등 뒤에서 검은 기운이 넘실거리기 시작했다.

천회주의 얼굴에 자신감 가득한 미소가 걸렸다.

"오너라. 또 네놈의 그 수법에 놀아나나 보자."

"노인장이 뭘 알아내긴 한 모양이지만……. 그래도 피할 수 없을 겁니다."

설무린 또한 자신의 검을 들어 올렸다.

원치 않게 격보가 들통나기는 했지만 그뿐이다. 한 걸음 더 내딛는다는 걸 알았다고 해서 달라지지는 않는다.

찝찝한 마음을 감추기라도 하려는 듯 설무린은 오히려 더욱 강하게 달려들며 수라군림의 초식을 다시 한 번 펼쳤다.

휙휙휙!

빠르게 움직이던 설무린이 손에 들린 검을 뻗었다.

그리고는 다시 한 번 격보를 펼쳤다.

천회주의 시선이 대놓고 발로 향했다. 설무린은 고개를 반쯤 숙이고 있는 천회주의 머리를 노렸다.

훅!

그때,

차앙!

날아드는 검이 창에 달라붙었다.

아니, 설무린이 파고드는 그 공간에 이미 먼저 천회주의 창이 와 있었던 것이다.

설무린이 채 놀라기도 전에 그의 육장이 휘둘러졌다.

"건곤신장(乾坤神掌)!"

퍼엉!

설무린의 몸이 실 끊어진 연처럼 허공에 붕 떠서 뒤로 휠휠 날아가 처박혔다.

땅을 몇 바퀴나 뒹군 설무린이 거칠게 숨을 토해냈다.

"크윽!"

입으로 한 사발의 피가 쏟아져 나와 상체를 적셨다. 단 일격에 속이 온전히 뒤틀려 버린 기분이다.

"젠장!"

주먹으로 땅을 치며 설무린의 몸이 용수철처럼 튀어 올랐다.

자리에서 일어난 설무린은 멀리서 자신을 바라보며 여유 있는 미소를 짓고 있는 천회주를 발견했다.

마치 조롱이라도 하는 듯한 눈빛.

그것은 설무린의 수법을 깬 데에서 나오는 자신감이었다.

천회주가 창을 든 채로 설무린을 향해 성큼성큼 걸음을 옮겼다.

"제법 신기하기는 했지만……. 그 묘리만 안다면 다 똑같은 법이지."

말이 쉽지 그것은 결코 간단한 일이 아니었다.

그 발걸음을 보며 검로를 완벽하게 파악해 낸다는 것이 과연 그리 쉬운 일일까?

천회주 정도 수준에 이른 자가 아니고서야 결코 불가능한 일이다. 그는 검이 아닌 발을 보고서도 검로를 읽을 수 있을 정도의 고수다.

궁지에 몰아넣었다고 생각하다 도리어 당하자 설무린은 정신이 확 하고 났다.

격보를 펼치다가 오히려 완벽하게 공격을 읽히며 치명상을 입었다. 하지만 아직 끝은 아니다. 이처럼 쉽게 깨질 수라군림이 아니었다.

'격보만이 전부는 아니지.'

격보에 운보를 가미한다. 계속해서 변하고, 쉴 틈 없이 몰아친다. 최소한 지금 입은 이 타격을 천회주에게 되돌려 주어야 한다.

천회주의 창으로 거대한 내력이 모이기 시작했고, 주변이 천천히 떨려왔다.

창 주변으로 빛나는 묵빛의 기운.

강기가 창을 집어삼킬 듯이 치솟아오르기 시작한 것이다. 그 길이가 무려 다섯 자는 될 정도였다.

하늘에 구멍이라도 낼 것마냥 치솟던 강기가 이내 그 끝을 드러냈다. 하지만 그 앞에 서 있는 설무린으로서는 착잡함을 감추기 어려웠다.

'젠장, 또……'

강기를 이처럼 다룰 수 있는 자들이 전 중원을 뒤져 몇이나 있겠냐마는, 그 몇 명을 설무린은 몇 달 되지 않는 시간 동안 만나 버린 것이다.

인회주와 싸울 때 느꼈던 막막함이 다시금 설무린을 찾아 들었다.

설무린 또한 질세라 내력을 긁어모았다.

지금 이 공격을 받아내지 못한다면 뒤는 없다.

설무린의 기운이 주변으로 퍼지기 시작하면서 놀라운 일이 벌어지기 시작했다.

차아아아!

빠른 속도로 주변에 있는 생물들이 얼어붙기 시작한 것이다. 주변의 온도는 급속도로 내려갔고, 나무에 달려 있던 나뭇잎조차 얼어붙어 깨어졌다.

놀랍게도 아름다운 광경이 눈앞에 펼쳐졌다.

하얀 얼음으로 뒤덮인 공간, 설무린의 내공이 가히 자연의 상태마저 뒤흔들기 시작한 것이다.

놀라면서도 천회주는 오히려 흥분이 일었다.

이토록 놀라운 장면을 보면서도 믿을 수 없었던 것이다. 이

처럼 주변의 모든 것을 얼려 나가는 설무린의 모습에서 천회
주는 다시 한 번 격한 희열을 느꼈다.

'놈의 피 맛은 평생 잊지 못하겠구나.'

자신도 모르게 군침을 삼키며 천회주는 두 눈을 빛냈다.

설무린은 무겁게 떨려오기 시작하는 자신의 검을 더욱 강
하게 쥐었다.

'이 같은 싸움으로는 불리해.'

설무린이 가장 자신있어하는 설풍수라마검은 강기와 전혀
어울리지 않는 무공이기 때문이다.

다시 한 번 빙령신검을 제대로 익히지 않은 것에 대한 후회
가 치밀었다. 그렇지만 이미 뒤늦은 후회였다. 지금은 어떻게
든 이 싸움을 승리로 이끌어야 한다.

그런 설무린의 조급한 마음이 천회주의 고함 소리와 함께
단숨에 깨졌다.

"전뇌사십팔방(電雷四十八方)!"

번쩍!

천회주의 창에 씌워 있던 강기가 사방으로 요동치며 벼락
처럼 모든 것을 터뜨리기 시작했다. 사십팔 방향으로 쏘아져
나가는 강기는 천하에 부수지 못할 것이 없어 보였다.

흑색의 번개.

그것은 마치 요마(妖魔)와도 같았다.

지옥에서 막 기어나온 나찰의 혓바닥마냥 넘실거리는 기

운이 단숨에 모든 것을 태우며 설무린에게 날아왔다.

설무린은 기다렸다는 듯 검을 움직이며 모아두었던 내력을 터뜨렸다. 극음의 기운을 가진 강기, 그 강기에서 차가운 북해의 힘이 쏟아져 나왔다.

촤르륵!

강기의 힘이 지나가는 곳의 모든 것이 얼어붙는다.

나무도, 바위도, 심지어 공기마저도.

천하가 설무린의 내력에 얼어붙기 시작했다.

第九章

역할(役割)

멀리서 조용히 둘의 싸움을 지켜보는 당악은 할 말을 잃었다.

말로만 들어오던 대결이 지금 눈앞에서 펼쳐지고 있었기 때문이다. 실로 이야기로 회자될 것만 같은 높은 수준의 대결이다.

강기와 강기의 대결.

말로만 들었지, 실제로 볼 기회는 없었다.

거기다가 둘의 강기는 이야기로 듣던 그 정도도 아니었다.

번개처럼 쏘아져 나가는 흑색의 강기, 그리고 그에 대항하는 설무린의 강기는 마치 거짓말과도 같은 놀라운 풍경을 만들어냈다.

천하를 얼리고 있다.

그의 강기가 지나가는 곳은 모든 것이 얼어붙었다.

북해빙궁의 무공이 대단하다고는 하지만 이것은 상식을 벗어나지 않는가.

강기와 함께 둘의 병기들이 계속해서 쉼없이 충돌하고 있다.

둘 모두 한 치도 물러서지 않겠다는 듯 이를 악물고 제자리에서 서로의 병기를 휘둘러 대고 있다.

아쉽게도 둘의 무공의 수준이 당악보다 너무 높았기에 전부 눈에 담을 수가 없었다. 그것이 지금 유일하게 당악을 아쉽게 하는 점이었다.

넋을 잃은 것은 사천당문의 두 젊은 무인 또한 마찬가지였다.

그 둘 또한 너무나 화려하고 강렬한 절정고수들 간의 대결에 정신을 놓아버리고야 만 것이다.

아름답다.

마치 한 편의 아름다우면서도 격렬한 춤사위를 보는 듯하다.

미친 듯이 요동치는 쇠로 만든 병기들이 지금만큼은 생명이라도 있는 것마냥 꿈틀대고 있다.

그만큼 둘의 무공의 경지가 출중하기 때문이리라.

콰앙!

두 개의 강기가 충돌하는 순간 사방에 있던 모든 것이 지진이라도 난 듯이 크게 떨려오기 시작했다.

충격은 단 한 번으로 그치지 않았다.

강기가 미친 듯이 사방으로 쏟아졌고, 그 탓에 주변은 단숨에 녹아내리기 시작했다.

사람들의 싸움이라고는 믿어지지 않을 정도의 수준이었다.

천계에서 내려온 투신(鬪神)들끼리의 대결이라고 봐도 믿을 수 있을 정도였다.

보는 사람이 그같이 생각할 정도니 당사자들이 받는 충격이 어떻겠는가. 강기를 뿜어내며 미친 듯이 싸우는 둘의 몸은 점점 떨려왔다.

천회주의 몸이 반보 뒤로 물러서는 듯하더니 이내 창이 앞으로 터져 나왔다.

괴풍창(怪風槍)이라 불리는 초식이 펼쳐졌다.

기이한 방향으로 꺾이는 듯했던 창이 바로 설무린의 가슴을 노리고 날아들었다.

설무린 또한 그 공격을 받아냈지만, 순간 뒤쪽에서 흑색의 강기가 물밀듯이 밀려와 설무린을 뒤덮었다.

'망할!'

위험하다는 생각에 설무린 또한 강기로 응수하며, 급하게 뒷걸음질쳤다. 흑색 강기가 설무린이 지나가는 자리마다 산산조각을 내며 뒤쫓았다.

뒤로 물러서기만 하던 설무린이 몸이 빙그르르 돌았다.

그리고 휘둘려진 검에서 한 일(一) 자로 강기가 터져 나왔다. 밀려드는 흑색 강기를 반으로 갈라내며 천회주를 향해 날아들었지만 이미 그는 그곳에 없었다.

"죽어랏!"

하늘을 훨훨 날아오른 천회주의 손에 들린 묵창이 요란스럽게 떨렸다.

파르르!

설무린은 사방으로 검을 휘두르며 허공에서 자신을 공격하는 천회주의 창을 막느라 진땀을 빼야 했다.

쉴 틈 없이 몰아치는 창이 설무린의 허리춤을 쓸고 지나갔다. 고통에 입술이 절로 깨물어졌지만 설무린 또한 바로 천회주의 허리를 베었다.

땅에 내려선 천회주와 설무린은 다시 한 번 강하게 충돌하며 서로 뒤로 튕겨져 나갔다.

뒤로 물러선 후에 천회주는 묵묵히 자신의 허리를 내려다봤다.

피투성이가 된 허리에서 은은한 고통이 타고 올라온다.

상처가 제법 깊다.

허리뿐만이 아니다. 설무린과 혈전을 벌이며 온몸이 부상

투성이다. 물론 그건 천회주뿐만이 아니라 설무린 또한 매한
가지였다.

주변은 이미 방금 전까지의 모습은 찾아보려야 찾아볼 수
없을 정도로 망가진 상태였다. 반경 십 장 가까이는 이미 생
물이라고는 아무런 것도 남지 못했다.

가만히 서 있던 천회주의 입에서 갑작스럽게 한줄기 피가
흘러내리기 시작했다. 그러자 약속이라도 한 듯 설무린 또한
한 사발의 피를 토해냈다.

강기를 그토록 사용하며 미친 듯이 싸웠다.

거기다가 둘 모두 내공을 운용하며 적지 않은 부상을 입었
다.

몸이 성한 것이 오히려 이상한 일이다.

둘 모두 내색을 하지 않았을 뿐이지, 이미 몸 상태는 둘 다
최악에 가까웠다.

둘은 말이 없었다.

서로를 바라보는 눈빛으로 모든 의사를 전달하는 것만 같
았다. 설무린의 손가락이 흔들렸다.

피잇!

섬광마멸지가 천회주의 숨통을 노렸다.

그렇지만 그렇게 호락호락한 상대가 아니었다. 천회주는
날아드는 섬광마멸지를 손바닥으로 받아냈다.

동시에 그의 육장이 허공을 수놓으며 흔들렸다.

붉게 물든 천회주의 손바닥에 웅장한 기운이 몰려들기 시작했다. 설무린 또한 그것을 눈치 채고는 자신 또한 내력을 끌어 모았다.

천회주의 일갈이 터져 나왔다.

"혈옥자오장(血玉子午掌)!"

"빙백신장(氷魄神掌)!"

지지 않겠다는 듯 설무린 또한 빙백신장을 펼쳤다. 그의 주변의 온도가 급속도로 떨어지며 거대한 한풍이 몰아치기 시작했다.

혈옥자오장과 빙백신장이 충돌하는 순간, 이미 그곳에는 둘이 없었다. 이것으로 끝내지 못한다 생각한 둘은 이미 서로에게 달려들었던 것이다.

창창!

휘리릭!

빙글 도는 창이 설무린의 턱을 스치고 지나갔다. 그러자 설무린의 발이 급하게 천회주의 어깨를 차냈다.

주거니 받거니.

둘은 계속 서로에게 상처를 남기며 호각지세로 대결을 펼치고 있었다.

설무린과 싸우고 있는 천회주는 등 뒤로 식은땀이 흐르는 것을 느꼈다. 온몸에 안 아픈 곳이 없다 해도 거짓말이 아닐 정도다.

반 시진……. 족히 그 만큼은 싸웠으리라.

생명을 건 싸움이 반 시진이 넘게 지속됐다. 정신력이 제아무리 강하다 할지라도 피곤함을 느끼는 것은 당연하다.

그뿐이랴.

둘의 싸움은 단순한 칼부림이 아니었다.

강기와 강기. 엄청난 내력이 계속해서 몸에서 빠져나가고 있지 않은가.

물론 지쳐 가는 건 설무린 또한 마찬가지였다.

둘 모두 오랫동안 지속 된 이 싸움으로 인해 지칠 대로 지친 상태였다. 하지만 최악의 몸 상태인데도 불구하고 둘은 한 치 흔들림도 없었다.

처음 싸움을 시작했을 때처럼, 둘의 몸에서는 계속해서 투기가 흘러나오고 있다.

주변의 다른 것은 아무것도 보이지 않는다.

오로지 눈앞에 있는 상대. 그 한 명만이 보일 뿐이다.

'죽인다.'

천회주가 창을 뒤로 눕히며 기수식을 잡았다. 머릿속에는 오직 한 생각밖에 들지 않는다. 설무린을 죽여야 한다는 생각만이 머릿속을 가득 채우고 있다.

위험한 놈이다.

살려둬서는 안 될 놈이다.

죽이지 않으면, 이쪽이 죽는다.

천회주의 눈빛을 마주한 설무린 또한 결연하게 검을 잡았다. 이곳에서 쓰러질 수 없는 건 설무린도 매한가지다.

죽어주지 않을 것이다.

살아서 북해빙궁을 뒤흔든 이 망할 놈들을 뿌리째 뽑아버리고 말 것이다.

설무린은 검을 강하게 움켜쥐었다.

손이 저릿저릿하다.

그 정도로 몸에 쌓인 충격이 보통이 아닌 것이다. 하지만 쉴 수는 없다. 천회주와 천회를 모두 정리하기 전까지는 하반신을 땅에 붙일 시간도 없다.

'내 인생에서 최고로 긴 밤이 되겠어.'

왠지 모르게 바람이 쌀쌀하다.

차가운 바람이 코끝을 간지럽게 한다.

하지만 코를 건드릴 수는 없었다.

코를 건드리기 위해 손을 움직이는 순간, 천회주의 창이 이미 가슴에 와 닿을 테니까.

작은 행동 하나하나조차도 함부로 할 수 없는 상태로 둘은 서로를 응시하고만 있었다. 누군가 조금이라도 꿈틀한다면……. 그때는 다시금 싸움이 시작될 것이다.

'이번에 붙으면 싸움은 끝난다.'

'곧 승패가 갈리겠군.'

왠지 모르게 그런 생각이 설무린과 천회주의 머릿속에 동시에 들었다. 왜 그런 생각이 들었는지는 알 수 없다. 그저 무인의 감각이 이번엔 정말 끝이라고 말하고 있었기 때문이다.

천회주가 침묵을 깨뜨렸다.

"말년에… 한 가지 무공을 만들기 위해 살았다."

"……?"

"이십 년? 그래, 그 정도 되었겠군. 이십 년 동안 한 가지 무공을 만들었지."

"이십 년이라… 대단한 무공일 것 같군요."

"물론 대단하지."

뒤로 향했던 창이 위로 향해졌다. 기수식이 완전하게 바뀐 것이다. 빈틈이 많아 보였지만 오히려 온몸의 털이 곤두서는 느낌을 받았다.

천회주가 나지막이 말했다.

"누구에게도 사용하지 않은 무공이다. 그런데… 네놈을 꺾기 위해서는 필요할 것 같구나."

이십 년이라는 긴 시간 동안 만들어낸 하나의 무공.

단 한 번도 실전에서 사용한 적이 없고, 그 누구에게도 보여준 적이 없다.

언젠가 필사(必死)의 상대를 만났을 때를 대비해 오래전부터 준비해 온 비장의 무공이다. 그리고 그 무공이 바로 지금 필요하다고 천회주는 느꼈다.

천회주가 설무린을 바라보며 입을 열었다.

"이 무공이 펼쳐지는 순간, 넌 죽어."

"자신감이 대단하군요."

"그럴 자격이 있는 무공이니까."

"보고 나서 대답해 주죠, 과연 그런 자격이 있는지 없는지."

"살아 있다면."

창을 고쳐 잡으며 천회주가 말을 이었다.

"하지만 안타깝게도 네 평가는 듣지 못할 게야."

"두고 보면 알 일!"

설무린은 기세에서 지지 않겠다는 듯 버럭 소리쳤다.

싸움이 슬슬 끝으로 치닫고 있다. 서로 큰 상처를 입은 것 같지는 않지만 속은 진탕이다. 온몸에 난 상처들에서는 쉬지 않고 계속해서 피가 흘러내리고 있다.

얼마나 많은 피를 토했는지 어지럽기까지 하다.

설무린은 내력을 끌어 모으기 시작했다.

천회주가 펼칠 무공이 무엇인지는 모른다. 하지만 그게 무엇이든 여태까지 경험해 본 것과는 비교도 할 수 없을 거라는 건 안다.

위험하다.

알기에 최상의 상태로 몸을 끌어올리는 것이다.

'아버지… 보고 있습니까? 큭큭! 하기야 깊은 잠에 빠져 계시니 그건 무리겠군요. 아버지 덕분에 제가 중원에 나와서 이렇게 죽어라 고생하고 있습니다. 깨어나시면… 할 말이 많을 것 같군요.'

어릴 적 천애 고아가 된 자신을 거두어주고, 또 친자식 이상으로 사랑을 주었다. 비록 설군표나 설무린 둘 모두 그런 내색은 전혀 하지 않았지만 말이다.

말하지 않았다지만 둘은 서로의 마음을 잘 알았다.

행동 하나하나가 남들과 달라 더 통했는지도 모른다.

그런 아버지를 위한 길이었기에 이 먼 중원에 나와 목숨을 걸고 싸우면서도 단 한 번도 불만을 품지 않았다.

설무린은 이를 악물었다.

죽지 않는다.

극한까지 내력을 쥐어짠 설무린을 향해 천회주의 창이 시뻘건 불꽃을 뿜어내기 시작했다. 주변에 일순 불꽃이 일렁거린다는 착각이 들 정도였다.

순간 천회주의 창끝에서 모아둔 내력이 터져 나왔다.

화아악!

주변의 모든 것이 갑작스럽게 밝아지는 느낌이었다.

부웅부웅!

미친 듯이 휘둘려지는 창. 맹렬하게 터져 나오는 내력과 함께 천회주의 몸이 허공을 날아올랐다. 활시위를 떠난 활처럼 무시무시한 속도로 달려드는 천회주의 등 뒤로 일순 거대한 투신이 보이는 듯했다.

콰아아!

붉은 힘이 사방을 뒤덮는다.

설무린은 자신의 내력을 터뜨렸다.

모든 것을 밀어내려는 듯한 설무린의 내력이 사방으로 분출하는 순간 천회주가 자신의 손에 들린 창을 집어 던지며 외쳤다.

"염마소혼창(炎魔燒魂槍)!"

휘리릭!

주변의 공기가 찢어발겨진다.

땅이 몇 자는 움푹 파지며 흙과 돌들이 사방으로 튕겨져 나간다. 미친 듯이 날아드는 창은 주변의 모든 것을 끌어당기기 시작했다.

그리고 그건 설무린 또한 마찬가지였다.

'위험해!'

설무린의 몸이 날아드는 창에 끌려가고 있다.

저 창의 간격에 들어서게 되면 설무린의 몸은 당장 갈기갈기 찢겨져 나갈 게다. 어떻게든 버텨내야 한다.

설무린은 길게 생각하지도 않고 검을 강하게 내리그었다.

콰앙!

검강이 떨어져 내렸지만 천회주의 손을 떠난 창은 한 치의 위력도 줄지 않았다.

‘젠장……!’

검강에 전혀 미동도 하지 않는 창을 보며 설무린은 속으로 마른침을 삼켰다. 하지만 놀랄 시간조차 설무린에게는 없었다. 이미 창은 설무린의 지척까지 닿아 있었다.

방도가 없다.

피할 방도도, 막아낼 방도도.

천회주가 이 무공을 자신했던 이유는 충분히 있었다. 하지만 이대로 포기할 수는 없었다.

“으아!”

설무린의 입에서 거친 고함 소리와 함께 모든 힘이 실린 검이 움직였다.

파아아아!

설무린의 검이 날아드는 창대를 후려쳤다. 두 힘이 충돌하며 설무린의 몸이 뒤로 주욱 밀려났다. 하지만 쓰러지지 않았다. 어마어마한 힘이 설무린을 뒤덮었지만 결코 다리에 힘을 풀지 않았다.

주르르륵!

설무린의 몸이 계속해서 밀려 나갔다.

그리고 동시에 입으로 피가 쏟아져 나오기 시작했다. 그럼에도 불구하고 설무린은 검을 내리지 않았다.

‘검을 내리는 순간 끝이야.’

주변의 모든 것이 박살이 나고 있다. 힘을 푸는 것과 동시에 설무린의 몸 또한 그리될 것이 자명한데 어찌 그럴 수 있겠는가.

그렇지만…….

이대로 얼마나 버틸 수 있을까? 그리고 버텨낸다고 해도 설무린의 내력은 완전히 바닥을 드러내 천회주의 적수가 되지 못할 것이다.

계속해서 터져 나오는 피가 설무린의 정신을 멍하게 만들었다.

더는 버틸 힘이 설무린에게는 없었다.

'끝인가……?'

그때 서서히 감겨오는 설무린의 귀로 익숙한 목소리가 들려왔다.

"소궁주님!"

북설이 다급하게 달려들면서 외친 목소리였다. 그 외마디 소리에 설무린은 미약하게나 남아 있던 정신의 끈을 잡을 수 있었다.

그리고 정신을 잡는 것과 동시에 모든 내력이 바닥이 나버렸다.

"안 돼! 오지 마!"

설무린은 자신에게 달려드는 북설을 향해 버럭 소리쳤다. 북설이 이곳에 끼어든다면 같이 죽음을 맞이하게 될 것이다.

절대 그런 꼴을 볼 수 없다.

그때 모든 내력이 바닥난 설무린의 머릿속에 생전 처음 듣는 무공 구결과 요결이 하나 떠올랐다.

세상에서 가장 차가운 바람이 불어오는 곳은 바로 북해이다. 강유벽붕환멸(强柔劈崩幻滅).

'이건?'

알 수 없었다.

이 구결의 정체가 무엇인지, 그리고 또 이러한 상황에서 갑작스럽게 떠오른 이유가 또 뭔지.

하지만 그 구결을 떠올리는 순간 바닥이 났다고 생각했던 내력이 갑작스럽게 꿈틀거리며 차오르기 시작했다. 더는 생각할 겨를이 없었다.

이미 창은 지척.

이곳에서 막아내지 못한다면 북설까지 휘말린다.

설무린은 머릿속을 가득 채운 그 구결에 따라 몸을 움직였다.

생전 처음 펼치는 검이었지만 이상하게 낯설지가 않았다. 그리고 묘하게 마음이 편해지기 시작했다.

머릿속이 갑작스럽게 하얗게 비어버렸다. 더는 아무것도 생각나지 않는다.

설무린의 몸에서 금색의 빛이 터져 나왔다.

끝났다고 생각하던 천회주의 얼굴이 급속도로 변한 것은 바로 그 금색의 빛을 보면서였다.

'무슨 짓을 벌이고 있다!'

천회주가 불안한 감정을 느낀 것과 동시에 설무린의 손이 움직였다.

파아아!

거대한 힘이 물밀듯이 밀려오며 날아드는 천회주의 창을 후려쳤다. 두 개의 힘이 허공에서 다시 한 번 격돌했고, 천하에 두려울 것 없어 보이던 천회주의 흑창이 주춤하며 뒤로 밀려나기 시작했다.

'말도 안 돼!'

천회주는 믿을 수 없다는 듯 두 눈을 크게 뜨고는 이내 입술을 꽉 깨물고 달려들며 내력을 쏟아 부었다.

"질긴 놈! 이제 그만 죽어라!"

다시 한 번 거세게 창에 내력을 불어넣었지만…….

파앙!

째앵!

설무린의 검이 힘을 버텨내지 못하고 산산이 부서졌다.

마치 도자기 깨지는 소리를 토해내며 두 개의 힘이 허공에서 사라졌다. 하지만 설무린을 향해 날아들던 창은 오히려 뒤로 쭉 밀려나며 천회주를 덮쳤다.

“컥!”

무서울 정도로 빠르게 쏘아진 창은 천회주의 어깨를 꿰뚫고 박혀 버렸다.

퍼엉!

“크악!”

창이 박히며 그 내력이 폭발했는지 천회주의 왼쪽 팔이 그대로 터져 나갔다. 터져 버린 살점들과 피가 사방으로 쏟아졌고, 그가 털썩 무릎을 꿇었다.

온몸에 경련이 인다.

머리부터 발끝까지 저릿저릿하고, 당장이라도 몸이 터져 버릴 것만 같은 고통이 엄습해온다.

“설… 무린! 이 노옴!”

천회주의 눈동자가 붉게 변하다 못해 뚝뚝 피가 떨어져 내렸다. 그가 독사 같은 눈으로 고개를 쳐들었다. 눈앞에 서 있는 설무린 때문이었다.

그런데 가만히 서 있던 설무린이 갑자기 비틀거리는 것이 아닌가.

그리고는 이내 버텨내지 못하고 천천히 땅에 쓰러졌다.

“소궁주님!”

쓰러지는 설무린을 북설이 다급히 부축했다.

이미 반쯤 정신을 잃은 설무린이었기에 그는 힘없이 북설의 품으로 쓰러졌다.

‘반드시 죽인다!’

천회주가 자신의 창을 다시금 주워 들며 자리에서 일어났다. 비록 한 팔이 터져 나갔고, 내력 또한 바닥을 드러냈지만 천회주에게는 믿을 구석이 있었다.

그것은 바로 천회였다.

천회주는 움직일 힘 하나 없었지만, 천회는 달랐다. 그들이라면 북설 하나 정도 제압하는 것은 불가능한 일이 아니었다.

상황을 눈치 챈 당악이 이미 사천당문의 두 무인을 데리고 북설에게 다가왔다.

북설이 설무린을 안아 들고는 차가운 목소리로 천회주에게 말했다.

“이대로 보내주시죠.”

“크큭! 말도 안 되는 소리를 지껄이는구나.”

천회주는 자신의 터져 버린 왼쪽 팔을 바라봤다. 흉물스럽게 변해 버린 모습을 보니 분노가 치밀어 오른다.

더불어 자신이 평생을 바쳐 완성한 염마소혼창이 깨져 버렸다는 것 또한 충격으로 다가왔다.

설무린이 마지막에 펼쳤던 무공. 무엇인지 도저히 모르겠다.

북해빙궁의 무공에 대해 천회주가 아는 선에서 저러한 것은 결단코 없었다.

하지만 그 무공이 바로 천회주의 무공을 단숨에 깨버렸
다.

천회주가 독기에 가득 찬 목소리로 바로 뒤로 다가와 있는
천회를 향해 명령을 내렸다.

"모두 죽여! 아니, 다른 놈들은 죽이든 살리든 상관없으니
저 설무린만 살려서 데리고 와라! 놈의 사지를 내가 직접 갈
기갈기 찢어서 죽이고 말 테니까! 반드시 저놈만은 나에게 데
리고 와!"

자신이 당한 고통 이상을 설무린에게 주리라.

그전에는 결코 설무린을 죽게 하지 않을 것이다. 악에 받친
천회주의 두 눈에서 광기(狂氣)가 번들거렸다.

천회에게 명령이 떨어지는 순간 북설은 이미 마음을 정했
다. 이곳에서 싸운다면 필패다.

한눈에 봐도 천회주는 움직일 여력이 없다는 걸 알 수 있었
다. 하지만 그가 빠진다 해도 천회주의 수족인 천회는 북설
혼자서 감당하기에는 너무나 강했다.

북설의 몸 주변으로 하얀 아지랑이가 피어오르기 시작했
다.

천회의 무인들이 천회주의 앞을 막아섰다. 부상을 당한 그
를 보호하기 위해서다.

북설의 검이 가장 먼저 천회주를 노릴 거라 그들은 생각했
던 것이다.

그러한 천회의 판단은 깨끗하게 틀렸다.

북설의 몸에서 칼날 같은 검기가 사방으로 쏟아졌다.

하지만 북설이 노린 것은 천회나 천회주가 아닌, 바로 주변에 있는 수많은 나무들이었다.

픽픽!

날카로운 검기가 나무의 밑동들을 잘라냈고, 수십 그루의 나무들이 단숨에 시야를 가리며 길을 막아냈다.

북설은 망설이지 않고 뒤를 향해 몸을 틀고 달리기 시작했다.

당악 또한 품에서 무엇인가 약병 몇 개를 꺼내더니 사방으로 휙 하고 집어 던졌다.

그것은 바로 신체에 닿기만 하는 것으로 중독되는 사천당문의 극독 중 하나였다. 그리고 그것들이 나무를 비롯해 사방으로 뿌려진 것이다.

적들을 제압하기 위해서가 아니다.

그들의 발걸음을 최대한 느리게 하기 위해 뿌린 것이다.

오랜 시간은 벌지 못할 게다.

숨 몇 번 돌릴 정도의 시간? 그것이 지금 이러한 행동으로 벌 수 있는 전부였다.

북설은 달리면서도 빠르게 계산을 했다. 아무리 생각을 해도 답은 결국 하나다.

'도망칠 수 없어.'

설무린을 안고 달린다면 결국은 잡히고야 만다. 알면서도 북설이 이러한 길을 택했다.

설무린을 안고 북설은 계속해서 달렸다.

하지만 이상하게도 그녀는 전력을 다하지 않았다. 양옆으로 사천당문의 무인들이 쫓아오고 있다는 것이 그걸 증명했다.

북설이 전력을 다했다면 사천당문의 무인들이 그녀의 옆에 있지 못할 테니까 말이다.

어느 정도 달리던 북설이 갑자기 발을 멈췄다.

앞장서서 달리던 북설이 멈추어 서자 뒤따라오던 당문의 무인들 또한 다급히 발걸음을 멈췄다.

당악이 다급하게 말했다.

"무슨 일인가! 지금 시간이 없는데……."

"저희는 도망칠 수 없어요."

"뭐라고?"

"도망칠 수 없다고 말했습니다."

"그렇다고 해서 이대로 죽자는 것인가!"

"도망칠 수 없다고 했지, 죽는다고 말하지는 않았습니다."

"지금 농담이나……."

화가 나 버럭 소리를 지르려던 당악이 갑자기 말을 멈췄다. 품에 안고 있던 설무린을 조용히 자신에게 내미는 북설 때문이었다.

무슨 뜻인지 모르겠다는 듯 당악이 눈을 찌푸렸다.

"무슨 뜻인가?"

"모시고 도망치세요. 뒤는 제가 맡지요."

"그럼 소저는……."

"제 걱정은 됐습니다."

말을 마친 북설이 당악에게 재촉하듯 설무린을 떠안기고는 몸을 돌렸다. 당악으로서는 어떻게 해야 할지 정하지 못하고 잠시 머뭇거릴 때였다.

북설이 이런 상황에 어울리지 않는 낮고 차분한 목소리로 말했다.

"저는 그분의 그림자. 그분이 없으면 저도 없습니다. 시간이 없습니다. 어서 가세요."

말을 마치고 고개를 돌리는 순간 모두가 놀라 할 말을 잃어버렸다. 그곳에는 설무린의 모습으로 역용을 한 북설이 서 있었던 것이다.

머리부터 발끝까지……. 심지어 설무린이 입었던 상처까지 그대로!

아주 짧은 찰나의 순간이었지만 완벽한 역용이다.

망설일 시간이 없다는 걸 알기에 당악은 북설을 바라보며 고개를 끄덕였다.

이렇게 여인 하나를 두고 도망간다는 것이 마음에 걸리긴 했지만 지금은 어쩔 수 없는 상황이었다.

북설은 지금 설무린을 위해 죽으려 하고 있다.

그녀의 눈동자에서 확고한 의지가 보인다.

당악이 가볍게 목례를 했다.

"무운을 비네."

당악의 품에 안긴 채로 정신을 잃고 있는 설무린을 바라보던 그녀의 눈동자가 가볍게 떨려왔다. 하지만 이내 입술을 깨물며 말했다.

"소궁주님을 부탁합니다."

"그럼."

말을 마친 당악은 다른 당문의 무인 둘을 데리고 뒤쪽을 향해 달려나가기 시작했다.

북설은 멀어져 가는 설무린의 모습을 계속해서 응시했다.

눈에서 설무린이 사라졌음에도 한동안 그 방향을 향해 쉬이 눈을 떼지 못하던 북설은 안타깝게 고개를 돌렸다.

'마지막이겠지요. 당신을 보는 건 이번이 마지막일 거예요.'

북설은 가만히 선 채로 눈을 감았다.

사방에서 불어오는 바람이 그녀의 온몸을 간질인다. 그리고 그 안에서 이곳을 향해 달려오고 있는 무인들의 움직임도 조금씩 느껴지고 있다.

그와 처음 만났을 때부터의 모습들이 주마등처럼 스치고

지나간다.

북해동에서 처음 만난 이후 북설은 언제나 설무린의 옆에 있었다. 무공을 익히던 그 시기에도 설무린만을 생각하며 그를 위해 살고자 걸어온 길이었기에 언제나 함께 있는 것만 같았다.

미친 듯이 무공을 익혔다.

그리고 마침내 꿈에 그리던 설무린의 그림자무사가 되었다.

함께 중원에 나와 이야기로만 듣던 협객처럼 무림을 종횡무진 휘젓고도 다녔다.

즐거웠다.

설무린의 옆에서 평생을 살고 싶었다.

언제나 함께하는 그림자처럼… 그렇게 살고 싶었다.

사랑이었을까? 아니면 한 사람에 대한 막연한 동경이었을까? 아니, 지금은 그게 중요하지 않다.

그 사람을 대신해… 보잘것없는 이 한 목숨을 던질 수 있는 지금이 행복할 뿐이다.

눈을 감고 있거늘 북설의 앞에 설무린이 있다.

점점 멀어져 가고 있거늘, 언제나처럼 옆에서 자신을 지켜주고 있는 것만 같다.

죽음이 코앞이라는 걸 알면서도 전혀 두렵지 않은 것은 그 때문이리라.

　멀리서 달려오던 천회의 무인들이 마침내 북설이 있는 곳까지 다가왔다. 나무들 사이사이에서 하나둘씩 모습을 드러내며 포위망을 좁혀오기 시작했다.

　다른 놈들은 상관없으니 설무린만은 반드시 잡아오라는 명 때문이었는지 천회의 무인들은 도망친 다른 이들을 쫓으려고도 하지 않았다.

　북설의 역용술이 너무나 완벽한 탓에 천회의 무인들 모두 깨끗하게 속아 넘어갔다.

　서릿발 같은 살기가 북설의 온몸을 난자하기 시작한다.

　그녀가 천천히 눈을 떴다.

　그리고는 검을 강하게 움켜 쥔 채로 그들을 향해 발걸음을 내딛으며 속으로 읊조렸다.

　'제가 살아 있는 이상 그 어떠한 자도 소궁주님에게 손 댈 수 없을 것입니다.'

　죽음을 향해 나아가는 북설의 발걸음엔 한 치의 흔들림이나, 후회는 없었다.

　외롭지 않다.

　죽는 그 순간에도 설무린이 옆에 있을 테니까.

　북설의 눈에 환하게 웃는 설무린의 모습이 맑게 투영되기 시작했다.

　북설이 버럭 소리쳤다.

　"내가 북해의 소궁주다! 와랏!"

사방에서 천회의 무리들이 성난 이리 떼마냥 달려들었다. 셀 수도 없이 날아드는 검들 사이에서 북설의 움직임은 아름다우면서도 슬픈 하나의 춤과도 같았다.

미친 듯이 검무(劍舞)를 추던 북설이 희미한 미소를 지었다.

第十章

상실(喪失)

많은 것을 잃고, 또 얻었다

뚝.

차가운 무엇인가가 얼굴을 건드린다.

그 차가운 감촉에 정신을 잃고 있던 설무린이 갑작스럽게 자리에서 벌떡 일어났다.

동시에 고통이 온몸을 엄습해 온다.

"으윽!"

급히 가슴을 움켜쥐는 설무린의 옆으로 당악이 급히 다가왔다.

"괜찮은가?"

설무린은 간신히 고개를 끄덕였다.

무엇으로도 표현하기 힘들 정도의 고통에 말문조차 트이지 않는다. 온몸을 쇠망치로 두드려 맞은 듯 한 착각에 빠질 정도로 전신이 쑤셔온다.

잠시 숨을 고르던 설무린이 억지로 고통을 참으며 말했다.

"아픈 걸 보니 제가 살아 있기는 한 모양이군요."

"운이 좋았네. 기운이 완전 쭉 빠져서는……. 숨을 쉬지 않는다면 시체라고 오해할 정도였지."

혼절한 지 정확하게 하루하고도 반나절이 흐른 후에 설무린은 정신을 차렸다. 얼굴을 간질이던 차가운 물방울의 정체는 아침 이슬이었다.

자신의 몸을 한번 살펴본 설무린이 다행이라는 듯 말했다.

"살아도 있고 사지도 멀쩡하군요. 그런데……."

설무린이 가만히 앉아서 주변을 둘러봤다. 그 모습에 당악은 가슴이 철렁하고 내려앉는 기분이었다. 설무린이 무엇을 물을지 당악은 알 것 같았다.

주변을 둘러보던 설무린이 이상하다는 듯 물었다.

"다른 사람들은 다 있는데 왜 설이는 없습니까? 땔감이라도 구하러 간 겁니까?"

"……."

설무린의 질문에 당악은 어떠한 말도 꺼낼 수가 없었다.

말없이 서 있는 당악을 보며 설무린이 이상하다는 듯 중얼거렸다.

"아니지. 내가 여기 있으면 떨어질 아이가 아닌데……."

중얼거리던 설무린이 고개를 들어 당악을 바라봤다.

당악은 그 시선을 마주하자 자신도 모르게 고개를 숙였다. 설무린은 당악의 그러한 모습에 눈을 살짝 치켜뜨며 재촉했다.

"어디 있습니까? 북설은 어디 있냐고 묻지 않았습니까."

당악이 대답하지 않자 설무린은 힘겹게 나무를 손으로 집고는 자리에서 억지로 일어났다. 비틀거리면서 자리에서 일어난 설무린이 반쯤 몸을 일으켜 세운 채로 소리를 질렀다.

"북설! 어디 있느냐!"

대답은 메아리로만 돌아왔고, 설무린은 고통을 참아내며 억지로 다시금 외쳤다.

"어디 있느냐! 설아! 설……."

"그만! 그만하게. 북 소저는 이미 죽었네."

침묵으로 일관하던 당악은 악을 쓰듯 북설을 부르는 설무린의 모습에 울컥하며 말했다.

당악의 말이 끝나자 설무린이 멍한 눈으로 그를 바라봤다.

잠시 멍하니 서서 당악을 바라보던 설무린이 떨리는 목소리로 물었다.

"뭐라고 하셨습니까?"

"…그녀가 죽었다고 말했네."

"하, 하하!"

설무린은 마치 재미있는 이야기를 들은 사람처럼 배를 잡고 웃음을 터뜨렸다. 웃고는 있지만 고통과 뒤섞인 설무린의 표정은 너무나 슬퍼 보였다.

잠시 웃던 설무린이 거짓말처럼 표정을 굳히며 말했다.

"개소리."

"미안하네. 하지만 그게……."

"닥쳐! 헛소리 지껄이지 마! 죽어? 누가 죽어? 설이가?"

비틀거리듯 다가온 설무린이 당악의 옷깃을 움켜잡았다. 설무린의 눈동자는 당장이라도 터질 것마냥 이글거리고 있었다.

당장이라도 쓰러질 것 같은 몸. 하지만 설무린은 억지로 버티고 있었다. 설무린의 몸이 덜덜 떨리기 시작했다.

세상 모든 것을 부숴 버릴 것만 같은 분노가 설무린에게서 느껴지고 있었다.

그런 설무린을 안타깝게 바라보던 당악이 입을 열었다.

"안타깝지만… 그게 사실일세."

그 한마디 말에 설무린은 당악의 옷깃을 강하게 움켜쥐었던 손을 놓았다. 그리고는 뒤로 몇 걸음 주춤주춤 물러서기 시작했다.

웃음이 나온다.

북설이 죽었다고? 언제나 옆에 있겠다고 말한 북설이 죽었다고?

"큭큭큭!"

웃음소리와 함께 설무린이 고개를 하늘로 치켜들었다. 그리고는 크게 입을 벌리고는 고함을 내질렀다.

"으아아아!"

설무린의 몸이 천천히 뒤로 무너져 내렸다.

이틀, 그렇게 이틀을 설무린은 꼬박 혼절을 한 상태로 맞이했다. 단 한순간도 정신을 차리지 못하던 설무린이 다시금 눈을 뜬 것은 객잔 침상 위에서였다.

늦은 밤 객잔 침상 위에 누워 있던 설무린은 깊은 침묵에서 깨어났다.

며칠 만에 정신을 차린 설무린은 멍하니 객잔의 천장을 바라보고 있었다. 주변에는 아무도 없고, 방 안은 늦은 밤이라 그런지 온통 어둠에 잠겨 있었다.

눈을 뜨고도 잠시 정신을 차리지 못한 듯 멍하니 누워 있던 설무린이 조그맣게 입술을 움직였다.

"설아, 이상한 꿈을 꾸었다."

그 말과 함께 설무린이 가볍게 픽 하고 웃었다. 그리고는 대수롭지 않다는 듯이 말을 이어갔다.

"꿈에서 말이다, 네가 죽었다더구나. 얼마나 웃기던지… 너무 어이가 없어서 내가 화까지 다 냈지. 상상이나 가느냐? 내가 화내는 모습을 말이야. 어릴 적 태양궁 소궁주에게 죽어라 맞았을 때도 웃던 내가 그 말에 화를 버럭 낼 줄은 몰랐다."

재미있다는 듯 과거를 회상하며 설무린이 이야기를 했다.

그리고는 잠시 가만히 있던 설무린이 다소 낮아진 목소리로
말을 이었다.

"왜 대답이 없느냐? 제발 대답을 해라. 와서… 내가 악몽을
꾼 거라 말해라. 내가 꾼 꿈이 거짓말이라고 제발……."

설무린이 눈을 감았다.

온몸이 부들부들 떨려온다. 아무런 대답이 귓가에 들리지
않는다. 언제나 근처에서 들려오던 북설의 향기도, 숨소리
도… 아무것도 느껴지지 않는다.

혼자다.

이 방 안에는 설무린 혼자뿐이다.

그건 꿈이… 아니었다.

으드득!

누워 있던 설무린이 자기도 모르게 주먹을 강하게 움켜쥐
었다. 참을 수 없는 분노로 인해 사방으로 기운이 흩어지기
시작했다. 설무린이 주먹으로 침상을 내려쳤다.

콰앙!

단숨에 침상이 쪼개지며 사방으로 파편이 튕겨져 나갔다.

동시에 설무린이 자리에서 일어났다.

설무린의 몸에서 흘러나온 기운에 방 안이 꽁꽁 얼어붙기
시작했다. 미친 듯한 그의 내력은 객잔 뿐만이 아니라 천하를
얼릴 수 있을 것만 같았다.

그때 문이 벌컥 열리며 놀라 뛰어올라온 당악이 모습을 드

러냈다.

"무슨 일인가! 헉······!"

놀라 달려왔던 당악은 문을 열자마자 무섭게 밀려드는 한기에 절로 놀라 숨을 들이켰다. 그리고 완전히 얼어붙은 방을 보며 놀란 마음을 감출 수가 없었다.

설무린이 차가운 눈을 돌려 당악을 바라봤다.

며칠을 혼절해 있다 이제 막 일어난 사람이라고는 믿어지지 않는 내력이 꿈틀거린다.

설무린이 차가운 목소리로 말했다.

"그놈, 어디 있습니까?"

"그, 그놈이라니?"

"천회주, 그 영감 말입니다."

"그거야 나도 모르겠네. 설 공자, 우선 진정하게. 지금 흥분한다고 해서 모든 일이 해결되지는 않네. 진정하고 이야기를 먼저······."

"할 이야기가 없군요. 제가 지금 궁금한 건 놈들이 어디 있느냐는 것뿐이니까요. 모른다면 됐습니다. 제가 찾아보죠."

말을 마친 설무린이 그대로 객잔 방을 박차고 나가려 했다. 그러자 다급히 당악이 설무린의 손목을 잡았다.

겨우 손목을 잡았을 뿐인데 어마어마한 한기가 밀려온다.

'으윽!'

절로 고통에 이를 악물면서도 당악은 손을 놓지 않았다. 지금 이 손을 놓는다면 설무린은 천회를 찾아 떠날 것이다. 그 모습을 그냥 두고 볼 수는 없다.

북설이 자신의 목숨을 버리면서까지 지키려 했던 설무린이 아니던가. 그러한 북설의 희생 덕분에 설무린을 제외한 당문의 세 무인도 목숨을 부지할 수 있었다.

북설이 그토록 시간을 벌어주지 않았다면… 모두 죽었을 거라는 건 자명한 사실이다.

고통을 참아내며 당악이 목소리를 높였다.

"자네를 살리기 위해 죽은 북 소저의 목숨을 그리 헛되게 할 생각인가? 이대로 가면 자네는 죽어. 자네의 지금 몸 상태로 그들을 이길 수 있을 것 같은가?"

"…상관 마시죠."

"자네도 알고 있을 게야. 최상의 몸 상태라 해도 천회주와 천회의 무인들 모두를 자네가 감당할 수는 없어. 지금 가면 개죽음이야. 북 소저는 자네를 살리기 위해 죽었네. 제발 침착하게 생각해 보게."

"……."

설무린이 고개를 숙인 채로 묵묵히 제자리에 멈추어 섰다.

설무린 또한 모를 리가 있겠는가.

최고의 상태였음에도 천회주 하나 완벽하게 제압하지 못했다. 그런 자신 혼자서 천회 전체를 상대하는 것은 당연히 불가능한 일이다.

가만히 서 있던 설무린이 자그마한 목소리로 말했다.

"듣고 싶습니다."

"응?"

"천회주의 염마소혼창을 막아내며 정신을 잃었습니다. 그 후의 이야기… 듣고 싶습니다."

"아! 그 정도라면 어렵지 않지."

설무린은 가만히 서서 이야기를 들었고 당악은 그 당시 상황에 대해 설명하기 시작했다. 금색의 빛에 휩싸이며 천회주의 공격을 받아냈다는 것과 그의 팔 한쪽을 날린 것.

그리고 천회에게 뒤쫓기면서 북설이 자신을 당악에게 넘기고 홀로 적들을 맞이한 것까지.

긴 상황이 아니었기에 이야기는 금방 끝났다.

하지만 그 이야기가 끝나고 한참을 설무린은 아무런 말도 하지 않았다.

'그래, 그렇게 죽었구나.'

북설이 자신의 모습으로 역용하고 적들을 맞이했다는 말에 설무린의 마음 한편이 찌르르 떨려오기 시작했다. 자신을 대신해 아무렇지 않게 목숨을 던진 북설…….

보지 못했지만 그때의 그녀가 어떠한 모습이었을지 알 것만 같았다.

설무린이 털썩하고 주저앉았다.

고개를 푹 숙인 채로 설무린이 중얼거렸다.

"나보다… 먼저 죽지 말라고 말했거늘. 혹 내가 죽을 때 내 마지막을 지켜봐 줄 사람이 너였으면 좋겠다고 하지 않았더냐. 그 약속… 지키지 않았구나."

설무린은 가만히 눈을 감고 있었다.

차가운 눈물이 볼을 타고 흘러내려 무릎 위에 꽉 쥐어져 있는 손등에 떨어졌다.

투욱.

숨이 턱 하니 막혀올 정도로 슬프다.

북설이 설무린 자신에게 무척이나 가까운 사람이라는 건 알았지만 이 정도로 소중했었다는 걸 죽고 난 지금에서야 알게 됐다.

설무린이 그 상태로 당악에게 말했다.

"잠시 혼자 있고 싶습니다."

"알겠네. 무슨 일이 있으면 바로 부르게, 가까이 있을 테니."

말을 마친 당악이 설무린의 앞에서 사라졌고, 오랜 시간 고개를 숙이고 있던 그가 머리를 치켜들었다. 설무린의 두 눈은 활활 타오르는 불꽃처럼 이글거렸다.

설무린의 손이 등 뒤로 향했다.

빙마몽환검, 바로 그 검을 강하게 움켜잡았다.

설무린은 검을 쥔 손에 더욱 내력을 쏟아 붓기 시작했다.

"세상에서 가장 차가운 바람이 불어오는 곳은 바로 북해이다. 강유벽붕환멸(强柔劈崩幻滅)……."

천회주와의 일전에서 머릿속을 가득 채웠던 그 무공 구결을 설무린은 잊지 않고 있었다. 그 정체불명 무공의 힘을 이겨내지 못한 설무린의 검은 산산조각이 나버렸고 말이다.

모든 상황이 기억나지는 않지만 몇 가지 확실한 것은 알고 있다.

순간적으로 차올랐던 내력은 평소 설무린이 지니고 있는 음의 기운의 내공이 아니었다.

그것은 양기가 가득했다.

그 말은 곧 태양지체 신체 덕분에 생겨난 양의 내공이라는 소리다. 그리고 그 알 수 없는 무공의 정체…….

양의 기운이 발작할 때만 사용할 수 있는 그 무공.

답은 나와 있다.

"빙마몽환검……. 너의 힘이 필요하다."

검의 손잡이를 잡은 채로 설무린이 눈을 감았다. 그 무공… 그 무공만 있다면 천회주를 제압할 수 있다. 설무린은 정체불명의 무공의 정체가 바로 빙마몽환검과 관련되어 있다고 판단한 것이다.

빙마몽환검에 얽힌 북해의 전설이 하나 있다.

빙마몽환검 안에 북해 최고의 무공이 숨겨져 있다는 것이었다.

북해빙궁의 창시자 설자생은 자신의 무공 중 유독 하나만을 남기지 않았다.

그 하나의 무공이 바로 설자생의 최고 절기였다.

그랬기에 설자생이 사용했으며 북해빙궁의 신물로 내려오는 빙마몽환검에 그 무공을 남겨놨을 거라 수많은 이들이 추측했다.

물론 빙마몽환검을 뽑은 이가 아무도 없었기에 그건 이제 오래된 전설로 내려올 뿐이지만 말이다.

사람들은 그 무공을 이리 불렀다.

천하제일검공(天下第一劍功) 빙마무적삼초(氷魔無敵三招).

설무린은 깊게 숨을 들이쉬었다.

여태까지 빙마몽환검을 뽑아내는 걸 성공하지 못했다. 그러다 발작을 하며 빙마몽환검을 한 번 뽑아 들었다.

미친 짓일지도 모른다.

지금같이 최악의 몸 상태에 빙마몽환검의 한기를 다시금 몸으로 받는다면… 죽거나 크게 다칠 수도 있다.

알면서도 설무린은 망설이지 않았다.

어차피 이 상태로 다시 한 번 천회가 공격해 온다면 죽는 건 매한가지다. 그렇게 죽을 바엔 밑져야 본전이라는 생각으로 빙마몽환검에 몸을 맡기리라.

설무린은 검을 잡은 반대편 손으로 벽을 꾸욱 눌렀다. 그리고는 손가락을 움직이기 시작했는데, 놀라운 일이 벌어졌다.

설무린의 손가락이 움직이는 대로 얼어붙은 벽에 글씨가 써지기 시작한 것이다.

그것은 아래에 있는 당악에게 남기는 글이었다.

혹여 설무린 자신이 죽고 나서 해약이 만들어진다면 그것을 북해빙궁으로 보내야 한다.

이 편지는 증거도 남지 않는다.

시간이 지나면 천천히 녹아버릴 테니까.

간단하게 당악에게 글을 남긴 설무린은 여전히 빙마몽환검을 움켜잡고 있던 손을 움직였다.

스릉.

검집에서 슬쩍 빙마몽환검의 검신이 보이는 순간,

"으윽!"

온몸을 태울 듯한 고통이 설무린의 전신을 엄습해 왔다. 하지만 이를 악물면서도 설무린은 빙마몽환검을 놓지 않았다. 오히려 더욱 강하게 그것을 움켜잡았다.

'나와라! 이제 그만 고집 부리고 나오란 말이야!'

검집에서 검이 뽑아지지 않는다. 오히려 더 큰 고통이 계속해서 설무린의 뼛속까지 치고 들어온다.

설무린은 빙마몽환검을 뽑았을 때를 알고 있다.

'양의 내공, 태양지체의 힘을 끌어 써야 한다.'

말로 형용하기 힘든 고통을 억지로 누르며 설무린은 위험한 도박을 감행했다.

항상 억누르고 있던 태양지체의 기운을 건드려 몸 안에서 활보하도록 한 것이다. 천천히 태양지체의 기운을 막고 있던 내공을 걷어내는 순간 무섭도록 커다란 힘이 전신을 휘감았다.

“컥! 커, 커억!”

사지가 절단나는 고통!

설무린은 그대로 머리를 바닥에 박은 채로 숨조차 쉬지 못하며 컥컥거렸다.

뼈마디 하나하나가 조각조각 분리되는 듯한 고통이다.

분골착근(分骨搾筋)의 고통.

“크으으!”

온몸은 식은땀으로 범벅이고, 눈은 터져 버린 핏줄로 인해 붉게 물든 상태다.

뜨겁다.

너무나 뜨거워서 당장 모든 것을 녹여 버릴 것만 같다.

그런 고통에도 불구하고 설무린은 빙마몽환검을 놓지 않았고, 태양지체의 기운도 억누르지 않았다.

땅바닥을 데굴데굴 구르다시피 하면서도 절대 손을 놓을 수가 없다. 검을 잡고 있는 설무린의 손에 핏줄이 도드라지기 시작했다.

당장이라도 터질 것같이 부풀어 오른 힘줄은 지금 설무린의 상태가 어떤지 대변해 줬다. 겉보기보다 훨씬 커다란 고통의 소용돌이가 몸 안에서 휘몰아치고 있는 것이다.

핏발이 선 두 눈을 부릅뜬 설무린이 고통을 이겨내려는 듯 소리쳤다.

"지지 않는다! 어디 누가 이기나 한번 보자! 크윽!"

말을 마친 설무린은 다시금 몸 안에서 울려오는 고통에 정신을 잃을 뻔했다. 그렇지만 지금 정신을 잃으면 끝이라는 생각에 억지로 그 끈을 잡아냈다.

그때 설무린의 외침을 들었던 당악이 급히 모습을 드러냈다.

"소리를 지르던데 무슨 일인……."

방 안에 들어섰던 당악이 놀라서 설무린을 바라봤다. 지금 설무린의 모습은 당장 죽어도 이상할 것이 없어 보였다. 혈관이 터지기 시작했다.

온몸에 있는 혈관에서 피가 흐르고, 두 눈동자는 붉게 물들어 있다.

전신에 경련을 일으키고 있으며, 땀투성이다.

"이, 이게 무슨!"

급히 당악이 자신에게 다가오려고 하자 설무린이 급하게 그를 제지했다.

"다가오지 마십시오!"

"하지만……."

"다가오지 말란 말입니다!"

설무린이 비명에 가까운 고함을 질렀다. 그로서는 지금 당악에게 말을 건네는 것 자체가 고통이었다.

그런 설무린의 상태를 어렴풋이 짐작했는지 당악은 안타까운 표정을 지으면서도 그에게 다가가지 않았다.

당악이 다가오는 걸 멈추자 다시금 설무린은 고통에 몸부림치기 시작했다.

'그만 하란 말이다, 이 지독한 놈아!'

빙마몽환검의 힘이 태양지체의 것과 미친 듯이 충돌하며 설무린의 속은 당장이라도 터질 듯했다.

그런 상태에서도 설무린은 계속해서 태양지체의 기운을 빙마몽환검으로 흘려보냈다. 하지만 두 개의 힘은 결코 하나로 섞일 것 같지 않았다.

백 년이 흘러도, 천 년이 흘러도 두 개의 힘은 영영 등을 지고만 있을 것 같았다.

그렇게 설무린의 몸이 지쳐 갔지만 그는 포기하지 않았다.

몸의 기운이 완전히 빠져나가 쓰러졌지만 설무린은 두 눈을 부릅떴다.

꼴사납게 땅에 엎어진 채로도 설무린은 포기할 수가 없었다.

그때 미세하지만 뭔가가 설무린의 감각에 잡혔다. 빙마몽환검의 힘과 태양지체의 기운의 일부가 뒤섞이기 시작한 것이다.

'이거다!'

끝을 알 수 없는 긴 동굴 속에서 한줄기의 빛을 발견했다.

설무린은 집요하게 그 부분부터 파고들기 시작했다. 쉽지는 않았다.

빙마몽환검과 태양지체의 힘 모두 너무나 거대하였기에 섣부르게 건드릴 수도 없었다. 몸 상태는 당장이라도 혼절할 것만 같았지만 설무린은 온 정신을 집중했다.

꼬리를 잡았으니 몸통까지 파고들어야 한다.

몸을 덜덜 떨면서도 설무린은 점점 두 개의 힘을 하나로 합치기 시작했다.

하지만 점점 시간이 흐르기 시작하면서 설무린의 몸에 찾아오는 고통이 작아지기 시작했다. 두 개의 힘이 하나가 될수록 설무린의 몸은 평온해졌다.

당장이라도 터질 것만 같았던 핏줄도 원래의 모습으로 돌아가기 시작했고, 덜덜 떨리던 몸도 안정되어 간다.

거기다가 몸 안에서 계속해서 일던 폭발 같은 고통도 점점 사그라지기 시작했다.

그렇게 시간이 흘러 이제는 고통조차 느껴지지 않을 때, 설무린의 손이 움직였다.

스르릉!

빙마몽환검이 검집에서 빠져나왔다!

그리고 동시에 설무린의 머릿속으로 빠르게 무엇인가가 스치고 지나갔다.

그것은 바로 북해빙궁의 창시자이자 최고의 고수였던 설자생이 남긴 전언이었다.

나는 북해의 주인으로 일생을 살았다.

천하에 적수가 없었고, 두려울 것도 없었다. 북해는 아름다웠고, 그러한 곳에서 평생을 산 내 인생 또한 아름다웠다. 하지만 마음에 남는 것 하나가 있다.

그건 하나의 무공 때문이다.

수십 가지의 무공을 창안해 후대에 남기나 단 하나 남기지 못하는 것이 있으니 그것은 바로 빙마무적삼초다.

빙마무적삼초를 남기지 못한 것은 그 무공을 익히기 위해서는 양기가 넘치는 특이한 신체가 필요하기 때문이다. 거기다 북해빙궁의 내공 심법을 익혀야 하니 그것은 어찌 보면 모순에 가까운 일일지도 모르겠다.

차가운 양기와 음기를 모두 몸에 지녀야 하는 자라는 소리니까.

어쩌면 이 빙마무적삼초는 영영 사라질지도 모른다.

하지만 그러한 불가능한 몸을 지녔던 내가 있었던 것처럼 후대에도 그러한 누군가가 있을지도 모른다는 자그마한 믿음으로 이 무공을 남긴다.

그리고 지금 내가 남긴 이 말을 들은 자라면 나와 마찬가지로 빙마몽환검을 다룰 수 있다는 소리. 그렇다면 내 검과 무공을 전수받을 자격이 있는 것이다.

빙마몽환검을 잡은 자네의 이름이 무엇일지 나는 알 수 없다.

북해빙궁과 어떠한 연이 있는지도 모른다.

하지만 빙마몽환검이 자네를 찾았고 주인으로 인정했다면 그것 또한 운명일 터.

잘 들어라. 이것이 바로 천하제일의 무공인 빙마무적삼초 니라.

세상에서 가장 차가운 바람이 불어오는 곳은 바로 북해이 다. 강유벽붕환멸(强柔劈崩幻滅).
하지만 피부로 와 닿는 차가움만이 차가움은 아니다. 정광 전탄살상성진(停曠纏彈殺常晟鎭).
진정한 차가움은 바로 뜨거움으로부터 비롯되는 것이다. 반류허쇄악활극(反流許碎惡活極).

설무린은 설자생의 전언을 전해 들으며 마치 벼락이라도 맞은 듯이 경련을 일으켰다. 그렇게 전언이 끝나고 나자 그제 야 설무린은 숨을 몰아쉬었다.
"허억, 허억."
지친 듯이 숨을 쉬던 설무린의 눈에 손에 꽉 잡힌 빙마몽환 검이 보였다.
찬란한 검신을 천하에 드러낸 빙마몽환검은 너무나도 아 름다웠다. 평생을 함께했지만 단 한 번도 실체를 본 적이 없 었던 빙마몽환검이다.
과연 뽑아볼 수나 있을지 의문을 지니기도 했던 물건.
그러했던 빙마몽환검이 마침내 세상에 모습을 드러낸 것 이다. 더불어 절세의 무공 하나와 함께.

왜 아무도 빙마몽환검을 뽑지 못했는지 설자생의 전언을 들으며 알았다.

양기와 음기를 동시에 품고 있어야 한다.

하지만 그것이 어찌 가능하겠는가. 설무린은 태양지체의 신체를 지녔다. 그 덕분에 설무린은 빙마몽환검을 뽑을 수 있었던 것이다.

평생을 저주하며 살았던 몸이었거늘 이제는 오히려 고맙다고 절이라도 해야 할 판이다.

설자생이 이 검을 사용할 수 있었던 것은 그 또한 어떠한 연유에서인지 양기를 가득 품은 몸을 가졌던 모양이다.

"하하하!"

설무린이 웃음을 터뜨렸다.

기뻤다.

너무나 기뻤다.

강한 무공을 얻어서, 빙마몽환검을 뽑아서가 아니다. 지금 설무린이 웃음을 터뜨린 것은 지금 얻은 무공으로 천회를 쓰러뜨릴 수 있을지도 모른다는 생각에서였다.

미친 듯이 웃던 설무린의 두 눈에서 다시 한 번 뜨거운 눈물 한줄기가 흘러내렸다.

'설아……'

第十一章

암동(巖洞)

당문의 무인들과 헤어진 설무린이 정착한 곳은 근방에 있는 어두운 암동이었다. 같이 돌아가자는 당악의 제안을 설무린은 거절했다.

지금 이대로 사천당문에 돌아가고 싶지 않았기 때문이다.

거기다가 당문에 간다면 무슨 일이 벌어질지 잘 알았다.

당가위는 분노를 터뜨릴 것이다. 길길이 날뛰며 복수하겠다고 행동할 건 안 봐도 뻔했다. 그리고 설무린에게도 불똥이 튈 게다.

물론 그 때문에 돌아가지 않는 건 아니다.

설무린은 조용히 빙마무적삼초를 익힐 만한 장소가 필요
했다. 사람이 우글거리는 사천당문은 그러한 곳이 되지 못했
다.

또 한 가지 이유가 있다.

복수. 복수를 하기 전까지는 결코 사천당문에 돌아가고 싶
지 않았다.

이곳 암동에 자리를 잡은 지 칠 일이나 흘렀다.

설무린의 행색은 마치 거지라 할 정도로 꾀죄죄했다.

엉망이 된 옷과 더러워진 몸.

설무린은 반 시진 정도의 짧은 수면과 간단한 식사를 할 때
를 제하고는 무공에 매달렸다.

빙마무적삼초… 세 초식으로 이루어졌지만 쉽지가 않다.

첫 번째 초식은 어느 정도 펼칠 수 있었지만 두 번째는 미
숙했고, 세 번째는 불가능했다.

첫 번째 초식을 처음 펼쳐 냈을 때 설무린은 놀랐다.

이야기는 들었지만 정신을 차린 상태로 펼쳐 낸 빙마무적
삼초의 첫 번째 일격은 가히 경천동지라고 할 만했다.

첫 번째 초식이 이러하거늘 마지막은… 상상도 가지 않는
다. 두 번째 초식만 해도 첫 번째의 갑절에 가까운 위력을 지
니지 않았는가.

물론 제대로 사용하지 못해 한 번 펼치는 것만으로도 기진
맥진하며 쓰러지기는 했지만 말이다.

빙마무적삼초를 익히며 설무린은 자신감이 생겼다.

이 무공을 익힌다면 천회주는 적수조차 되지 못한다.

잠시 짧은 수면을 취했던 설무린은 동굴 밖으로 걸어나갔다. 다시금 빙마무적삼초를 익히기 위해서였다.

동굴 밖으로 걸어나왔던 설무린은 고개를 절레절레 저었다.

주변의 광경 때문이다.

"힘들겠는데……."

빙마무적삼초를 연마하며 주변이 완전히 박살이 난 것이다. 더는 이곳에서 머무는 것이 힘들다고 판단한 설무린은 빠르게 짐을 싸기 시작했다.

'어디로 가야 하나?

갈 곳이 없다.

딱히 생각나는 장소도 없었기에 설무린은 우선 산 아래로 발을 돌렸다. 이 근방에 있는 다른 조용한 장소를 찾아볼 생각이다.

설무린은 무작정 발을 옮겼다.

발길 닿는 대로 인적이 드문 곳을 따라가다 보면 조용히 무공을 연마할 곳도 있겠지 하는 판단에서였다.

정 안 된다면 마을에 가서 근방에 대해 물어보며 조용한 곳을 찾으면 그만이다.

산을 내려가는 설무린의 발걸음에는 힘이 없다.

반쯤 정신을 놓은 사람처럼 설무린은 멍하니 걸었다.

정처없이 걷던 설무린이 정신을 차린 것은 멀리서 모습을 보이기 시작한 사람들 때문이다.

왁자지껄 떠들며 걸어오는 그들은 무인들이었다.

젊은 두 남자와 한 여인이 무엇이 그리도 재미있는지 웃음을 터뜨리며 걷고 있었다.

설무린은 슬쩍 하늘을 올려다봤다. 어느덧 해가 중천에 다다를 정도다. 스스로도 몰랐거늘 암동을 벗어나 꽤나 오래 걸어온 모양이다.

하늘을 향했던 시선이 마주 다가오는 세 무인에게로 향한다.

즐겁게 깔깔 웃는 여인의 모습에서 순간적으로 슬며시 미소를 짓던 북설의 얼굴이 겹쳐졌다.

억지로 참던 북설의 그 웃음이 설무린은 무척이나 좋았다.

'얼굴이 새빨개져선 억지로 참곤 했었지.'

그런 북설의 모습을 보면 설무린 또한 자신도 모르게 정말 마음에서 우러러 나오는 미소를 짓곤 했었다. 그때가 생각나자 설무린은 쓸쓸한 미소를 입가에 머금었다.

'네가 없는 나는 참으로 처량하구나.'

그때였다.

설무린의 미소를 본 여인이 떨떠름한 표정을 지어 보였다.

지금 설무린의 행색은 완전 비렁뱅이가 아니던가. 그런 그가 미소를 지은 것이 여인은 못내 불쾌했다.

젊은 여인이 옆에 있는 두 사내에게 기분 나쁜 어투로 말했다.

"오라버니, 저 거지가 저를 보며 음흉하게 웃었어요."

"뭐?"

사내 둘은 동시에 설무린을 날카롭게 쏘아보았다. 그러한 반응에 설무린은 어이가 없다는 표정을 지었다. 너무나 어처구니가 없으니 말문이 다 막힌다.

사내 둘 중 하나가 어깨에 힘을 주며 설무린에게 다가왔다.

"이 냄새나는 거지 놈아, 네가 우리 사매를 보며 음심(淫心)을 품었더냐?"

"음심?"

스스로 대꾸하고도 우스운지 설무린이 픽 하고 웃음을 흘렸다. 행색이 초라하니 이제 별의별 것들이 다 시비를 거는구나 하는 생각이 들었다.

설무린이 대꾸도 없자 그 사내는 더욱 크게 소리쳤다.

"이놈! 아무런 대꾸도 하지 못하는 걸 보니 그랬던 모양이구나. 감히 우리가 누구인지 알고……."

"너희가 누군지는 알 것 없고. 가는 길이나 가게 좀 비켜줬으면 좋겠군. 기분도 안 좋은데 괜히 건드리지 말고."

"오라버니! 저 건방진 녀석을 혼 좀 내줘요!"

뒤쪽에 있는 여인이 버럭 소리를 질렀다. 그녀를 향해 고개를 돌렸던 설무린이 비웃음 가득한 얼굴로 앙천대소(仰天大笑)하며 말했다.

"하하하! 내가 큰 실수를 했군. 저런 돼먹지 못한 애를 보며 설이 너를 떠올리다니……."

"이놈이 미쳤나. 뭐라고 지껄이는 거야?"

당장이라도 내려칠 듯 손을 높게 드는 순간 설무린이 움직였다. 설무린이 앞가슴을 걷어차자 사내는 게거품을 물고 뒤로 나자빠졌다.

차가운 눈동자로 설무린이 뒤쪽에 있는 한 쌍의 남녀를 바라봤다.

설무린의 몸에서 한기가 쏟아져 나와 주변을 뒤덮었다.

그러한 설무린의 무위에 놀란 두 남녀의 안색이 창백하게 변했다.

당장 둘을 쓰러뜨리려던 설무린은 이내 공력을 거뒀다.

저런 놈들을 상대해서 무엇하겠냐는 생각이 들어서였다.

평소였다면 저렇게 시비를 걸어오는 상대를 가지고 장난이라도 쳤을 설무린이었거늘, 이제는 그 어떠한 것도 즐겁지 않다.

설무린이 그들을 향해 날카롭게 쏘아붙였다.

"데리고 꺼져! 그리고 다신 내 눈에 뜨이지 마라, 죽일지도 모르니까."

말을 마친 설무린은 그들을 지나치고는 계속해서 걷기 시작했다.

'재미없어.'

인생이 재미없어졌다.

모든 게 지루하고 활력을 잃어버렸다. 그래도 설무린은 계속해서 걸었다.

지낼 곳을 찾아야 한다.

빙마무적삼초를 익힐 장소가 필요하다.

운이 좋았을까?

해가 지고 나서 설무린은 예전에 머물던 암동보다 조금 더 큰 곳을 발견했다. 암동 깊숙한 곳에는 얼마 전까지 동물이 살았던 흔적이 있었다.

설무린은 아무렇지 않게 짐을 휙 던지고는 자리에 앉았다.

하루 종일 걷기는 했지만 힘이 들지는 않았다. 그리고 단 하루라도 빠르게 빙마무적삼초를 완벽하게 익히기 위해 설무린은 쉴 시간이 없었다.

설무린은 짐 안에서 말린 고기를 꺼내 들었다.

어두운 암동 속에서 설무린은 조용히 말린 고기를 씹기 시작했다.

상실감에 움직이기조차 힘들었지만 설무린은 하루하루를 최선을 다해 살아가고 있다.

그건 다 이유가 있기 때문이다.
천회와 천회주. 바로 그들이 있어서다.
설무린의 눈빛이 어두운 암동 속에서 밝게 빛났다.
'절대 죽지들 마라. 내가 직접 숨통을 끊을 때까지…….'

『빙마전설』 7권에서 계속…

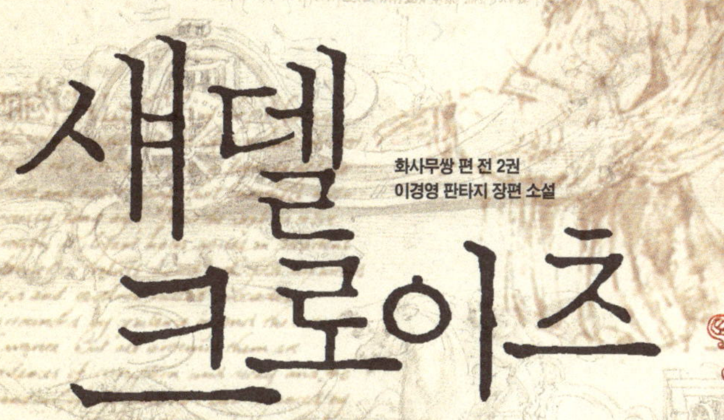

섀델 크로이츠

화사무쌍 편 전 2권
이경영 판타지 장편 소설

『가즈나이트』의 명성과 신화를 넘어설
이경영의 판타지의 새로운 상상력!

자신만의 독특한 세계관을 창조한 작가
이경영의 새로운 도전과 신선한 충격.

바란투로스의 특수부대 섀델 크로이츠의 리더 파렌 콘스탄.
야만족을 돕는 안개술사를 물리치기 위해 아시엔 대륙에서 온
불을 뿜는 요괴 소녀 카샤.
너무나 다른 두 사람이 운명의 길에서 만나다.
친구란 이름으로 시작된 모험, 그 앞에 놓인 난관과 운명의 끈은
어떻게 될 것인지……

"질투가 날 만도 하지.
요괴가 산신령을 엄마로 두는 건 흔한 일이 아니거든.
괜찮다, 파렌. 본좌가 아는 요괴들 전부 본좌를 질투하고 부러워하니까."
소녀는 손에 잔뜩 받은 빗물을 홀짝 마셨다.
파렌은 그 순수함에 웃음을 흘렸다.
그는 지금까지 자신이 봤던 그녀의 기이한 행동들을 어렴풋이나마 이해할 수 있을 것 같았다.
그렇게 친구가 된 둘은 그 길로 긴 여행을 떠나게 된다.

본문 중에-

세상을 보는 또 하나의 창 - inthebook.net
유행이 아닌 자유추구 - chungeoram.net

Book Publishing CHUNGEORAM

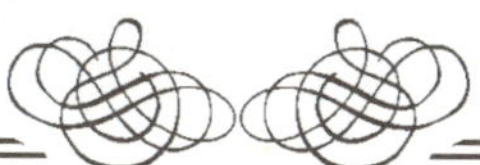

공부하는 감각의 차이가 자녀의 미래를 결정한다.
이 시대가 필요로 하는 명품 인재 만들기!

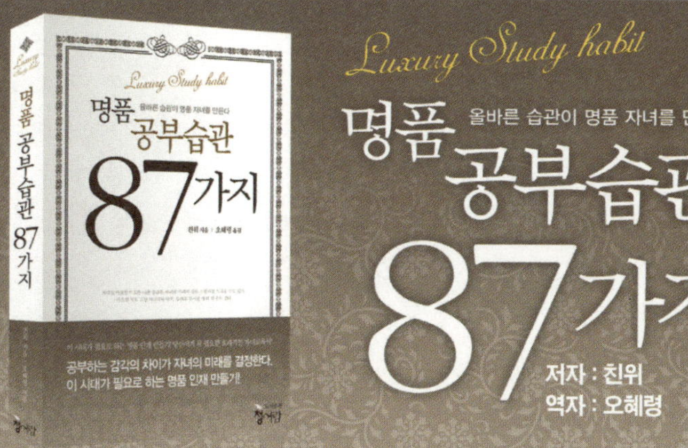

❋ 똑소리 나는 부모의 똑소리 나는 자녀 교육법!

어린 시절의 습관은 평생을 결정한다.
제대로 바로잡지 못한 나쁜 습관은 자녀의 미래에 검은 그림자를 드리울 수도 있다.
대부분의 부모들은 아이의 잘못된 습관을 발견하면 언성을 높이는 경향이 있다.
하지만 그것이 문제 해결의 방법이 아님을 당신은 이미 알고 있을 것이다.
지금 당신은 적절한 대안을 찾지 못해 힘겨워 하고 있지는 않은가.
내 아이가 명품 인생으로 살아가길 희망하는 부모라면 이 책에 귀를 기울여 보자.

❋ 내 아이가 세상의 중심에 우뚝 설 수 있게 하는 방법!

이 책은 잘못된 공부습관과 대인관계 형성 등의 문제 등을
87가지 이야기를 통해 알아보고 그에 걸맞는 올바른 해결책을 제시해주고 있다.
이 한 권의 책을 통해 똑소리 나는 부모가 되어보자.
그리고 내 아이가 최고의 명품으로 거듭날 수 있도록 노력해보자.
이 책은 분명 당신에게 꼭 맞는 효과적인 자녀교육서가 될 것이다.

세상을 보는 또 하나의 창 - inthebook.net
유행이 아닌 자유추구 - chungeoram.net

Book Publishing CHUNGEORAM

Rhapsody Of Cardinal

카디날 랩소디

송현우 판타지 장편 소설

놀라운 경험(the enormous experience)!
He created a completely new world.
It is a place who have never known and where never been able to imagine.
This splendid world will introduce the enormous experience for the
person only who reads.
그 누구에게도 알려진 것이 없으며 상상조차 할 수 없었던 새로운 세계를
작가는 완벽하게 창조해내었다.
이 멋진 세계는 독자들만이 체험할 수 있는 놀라운 경험으로 인도할 것이다.

판타지는 허구다? 아니다. 판타지는 일상이다.
우리의 삶은 연속된 판타지의 연장선상에 놓여 있고,
상상은 우리의 일상을 더욱 살찌운다.
『카디날 랩소디(Rhapsody of Cardinal)』를 경험하는 독자들은
더욱 풍부한 일상 속에서 새로운 삶을 경험할 것이다.
멋진 만남! 흥미로운 경험! 이것이 『카디날 랩소디』가 가진 장점이며,
작가 송현우가 독자들에게 바라는 꿈이다.

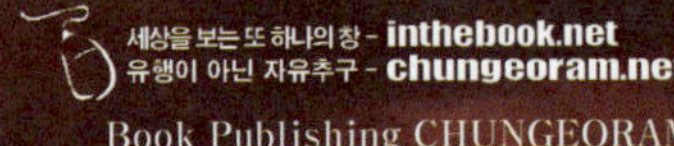
세상을 보는 또 하나의 창 - inthebook.net
유행이 아닌 자유추구 - chungeoram.net

Book Publishing CHUNGEORAM